DARIA BUNKO

婚約者は俺様御曹司!?

若月京子

illustration ❋ 明神 翼

イラストレーション❋明神 翼

CONTENTS

この作品はフィクションです。
実在の人物・団体・事件などに一切関係ありません。

婚約者は俺様御曹司!?

★
★
★

まだ春というには肌寒い三月。山の中にある全寮制の男子校では、中等部・高等部ともに卒業式が行われている。

中等部はこのまま校舎と寮を隣の敷地にある高等部用に移るだけだが、高等部のほうはそうはいかない。幼等部からの一貫制…つまりは十四年も親しんだ友人たちと進路を分かち、別々の道へと進み始める第一歩なのである。

卒業式は厳《おごそ》かに行われ、あちこちで感涙にむせび泣く生徒や父兄の姿が見受けられる。

全寮制の男子校という特殊な環境で、男受けしすぎる自分の顔を長い前髪と不格好な黒縁眼鏡で隠して中神八尋《なかがみやひろ》は生きてきた。

しかし両親によって、生徒会長である鷹司帝人《たかつかさていと》と見合いをさせられ、いろいろあった末にくっついてからというもの、変装を解いて素顔のまま暮らしている。

八尋は高校からの入学だから三年しか過ごしていないが、あっという間に過ぎ去っていった感じがした。

帝人の力をもってしてもかなり波乱万丈《はらんばんじょう》だったとは思うものの、過ぎてしまえばいい思い出である。

今はそれぞれ校庭に出て、最後の別れを惜しんでいる状態だ。

双方の両親も認めた八尋の婚約者、鷹司帝人はたくさんの生徒に取り囲まれている。

卒業生、在校生ともに入り乱れているが、いずれも可愛い系の生徒ばかりだ。とにかくモテる帝人のために結成されたファンクラブの面々である。

帝人と同じ大学に進む生徒も少なからずいるものの、やはりその大半は違う大学、もしくは在校生として取り残されるということで、その嘆きは大きい。

「鷹司様ぁ…卒業しないでくださいぃ～」

「シクシク…帝人様……」

「違う大学に行っても、帝人様のことは忘れません」

「ずっとお慕いしていましたぁ」

涙、涙のお別れ劇の中、嬉しそうな表情の生徒もいる。

「ボ、ボク、帝人様と同じ大学なんです。よろしくお願いします」

頬を染めてそんなことを言った生徒が周囲の憎々しげな視線に晒《さら》されるのは当然で、殺気立った視線がビシビシと突き刺さっているはずだ。

そしてそれが呼び水となって、この日のメインである言葉が飛び出す。

「あ、あのっ、ボ、ボタン、いいですか？」

「ボクも！」

「ボクもお願いします！」

「ボクも欲しい！」

一人が言いだすと、それに勢いを得て次々に声がかかる。最後とあってみんな必死の形相で、鬼気迫《ききせま》る感じだ。

「勝手にしろ」

うんざりした表情で帝人がそう言うと、帝人を囲む生徒たちが歓声をあげる。

「キャーッ！」

「帝人様！」

早い者勝ちとばかりに帝人に群がり、ボタンが引き千切られる。

「ボクのだ！」

「放せっ。ボクのだよ！」

「ちょっと！　横から取ろうとしないで！」

「痛ーいっ！」

「何すんのっ！」

まるでサル山での餌の取り合いである。誰もがなりふりかまわず、帝人の数少ないボタンを奪い合っている。

八尋はその様子を遠くから眺めていた。

「……うっ…なんか、すごい騒ぎ……」

　とてもじゃないが、近寄れない雰囲気である。貴重な帝人のボタンということで、誰も彼もが気合入りまくりで恐ろしく殺気立っている。

　おまけに八尋自身も下級生たちに囲まれていて、身動きが取れない。こちらはこちらで、やはり最後だからとみんな必死だった。

　学園祭で帝人に隠していた素顔を公表されてからというもの、八尋は前髪を切って、必要のなかった眼鏡を外した。

　おかげでオタクや根暗、ドブスといった陰口はピタリとなくなったが、その代わり襲われる危険が一気に増えたのである。

　帝人に抱かれることで増した艶《つや》は、八尋に危うい魅力を加えている。

　それでなくても色気がある、誘われているような気がすると言われることが多かったのに、今ではシャレにならないレベルにまで達しているそうだ。

　そう言ったのは生徒会の副会長・志藤悠《しどうゆう》で、そのあと真顔で「だから気をつけろ」と忠告された。

　八尋は鏡で自分の顔を見てもなぜそんなことを言われるのか分からなかったが、実際に下僕志願者が何人も出てくると信じるより他にない。それまで以上に身辺に気を使い、防犯カメラのある場所にしか行かないようにした。

八尋の周りには、そんな下僕志願者が溢《あふ》れている。

「中神先輩、好きでしたぁ」

「これでお別れなんて…ううっ」

「もっとその美しいお姿を見ていたかった……」

鬱陶《うっとお》しいのは確かだが慕ってくれているのは間違いないので、八尋としてもあまり邪険《じゃけん》にするのも悪いかと思って愛想笑いを浮かべて答える。

「あー、はいはい。ありがとう」

「先輩ぃぃぃ」

「八尋様ぁぁぁ」

「え、笑顔が見られるなんて……」

「最後に、キ…キスしてくださいっ。ホッペタでいいので！」

そのうちの一人から妙に切羽詰まったような表情で迫られ、八尋は嫌そうに顔をしかめる。

そしてベシッと頭を叩いた。

「調子に乗るな。お座り」

「はいぃぃぃ」

八尋が厳しく言うと、嬉しそうに正座する。

帝人の睨《にら》みにも負けずに八尋に寄ってくるのは、主に下級生だ。しかも従順なワンコ系で、

Mっ気がある生徒が多い。本気で八尋をどうこうしようとするような生徒は、もう何人も退学させられているから、残っているのはおとなしい生徒ばかりだった。

「俺も来年、絶対先輩の大学に行きますから、待っていてください！」

「うん、まぁ、進路を決めるのは本人の自由だから好きにすれば？　……べつに、待ってないけどね」

「つ、つれない。でも、そこが……♡」

「……」

やはりMかと、八尋はうんざりする。帝人にも、八尋のファンはワンコ系M男ばかりだと揶揄《やゆ》されているだけに溜め息も大きくなった。

優しくすれば舞い上がるし、冷たくすれば妙な喜び方をするしで始末におえないのだが、姿を見られるだけで幸せという崇拝タイプなので、扱いは楽だ。しかも八尋のパートナーとして帝人はふさわしいと思っているため、二人の邪魔はしてこない。

同じマゾ集団でも、ことあるごとに八尋を恋人の座から引き摺り下ろそうとする帝人のファンクラブの連中と比べると、実に素直で可愛いものだった。

帝人のファンクラブの会長は八尋関連の事件のせいで何度か変わり、現在は若狭《わかさ》みのりという同じ卒業生だ。やはり可愛い系である。当然のことながら帝人の恋人である八尋を目の敵《かたき》にしていて、顔を合わせれば突っかかってくる。

今も、わざわざ友人たちの輪から抜け出して宣戦布告をしにやってきた。

「今日で卒業だけど、認めたわけじゃないからな。いつかお前なんて蹴落《けお》として、帝人様にボクを好きになってもらうんだから」

「はいはい」

いつものことなので、八尋は適当にあしらう。

「なんだよ、その態度！　本当に本気なんだからな」

「分かった、分かった。まぁ、がんばって」

「むーっ」

ふくれっ面のその顔が、子供のようでなかなか可愛い。

若狭は帝人に本気で惚れているようだが、今までのファンクラブの会長たちとは違って陰湿さがない。裏に回ってコソコソと八尋を貶《おとし》めるために画策するようなことはせず、堂々と本人に喧嘩《けんか》を売るタイプだ。

実際、これまで八尋に何度も憎まれ口を叩いているが、そのたびに言い負かされては負け惜しみを言って帰っていった。

どうせ帝人がなんと言おうがファンクラブはなくならないし、無理やり解散させて下手に地下に潜り込まれては厄介《やっかい》なので、その裏表のない性格を見込んで、帝人が若狭を会長に指名したのである。

「お前なんて嫌いだっ」

子供のような捨て台詞を残していった先は、帝人の元。ボタンを巡っての争いに気づいていたらしく、果敢《かかん》に闘いの中へ突入していった。

「元気だなぁ。……あれ？　帝人」

どうやら帝人は騒ぎに巻き込まれることなく、要領よく抜け出してきたらしい。

さっきまで帝人がいた場所では、ついにボタン争奪戦も佳境《かきょう》に入ったのか、一段と騒ぎが大きくなっていた。

帝人は図体のデカい下級生たちに囲まれている八尋を見て、苦笑を浮かべる。

「お前も大変だな」

「そっちよりマシだよ。サルたちとは違うから」

「サル……」

呟《つぶや》いて、帝人はゲラゲラと笑う。

「確かにサルみたいだったな」

実際、帝人はひどい姿だ。ブレザーだけでなくワイシャツのボタンもすべてむしり取られ、今はあの騒ぎの中で奪い合われている。

「帝人のファンは、サル山のサルそっくり。そういえば若狭もしょっちゅうキーキー言ってたっけ。ボスザルにしては威厳ないけど」

「そんなこと聞かれたら、またキーキー言うぞ」

「もう慣れた。それにあいつ、口論下手だし。頭は悪くないんだけど、怒ると言葉が出てこないタイプなのかな？　単純だから、からかうと面白いよ」

「あれは生真面目な性格をしてるんだから、あまり遊んでやるな」

そう言いながら帝人は軽く手を振って、八尋のファンたちに離れるよう指示をする。

彼らは素直に従い、二人の周りから人垣が遠ざかった。

「これで、ここともお別れだな」

「長かったような、短かったような……。帝人は中学からここで寮生活だろ？　寂しいんじゃないの？」

「べつに。さすがに多少の愛着はあるが、寂しいっていうほどじゃない」

その言葉に、八尋はクスクスと笑う。

「また、強がっちゃって。帝人、意外とこの学校、好きだったくせに」

「静かに見えて、うるさいところだったけどな」

「あー…確かにうるさかった。こんな山の中にあるのに、しょっちゅう何かしら事件があったし。その事件の主人公は、ほとんどボクだったけど。本当に、よく無事だったな……」

「八割方、俺様が防いでやったんだ」

「その原因はほぼ十割、帝人のせいだけど」

「まぁ、そういう見方もある」

「帝人のファンクラブの連中は、本当にしつこかった。自分が犯人だと分からせずにボクに嫌がらせをするのが、ゲームか何かになってたんじゃないのかな？　おかげで高校側も、意外と校内の監視システムに死角が多いって知ったみたいだし。来年はこの高校、名実ともにイジメゼロになるよね。至るところに監視カメラが設置されたんだから」

それについてはさすがに八尋も鬱陶しく感じるものの、実際に何件も事件が起きていることを考えると仕方ない気がする。なにしろ彼らは正確にカメラの死角を見つけては、八尋に嫌がらせや暴行を加えようとしたのである。

結局いずれも未遂に終わったが、中にはかなり危ないところだったケースもある。実にスリリングで気の抜けない高校生活だった。

けれど八尋はこの高校で帝人と過ごし、人生が変わったのである。

「いろいろと面倒くさい学校だったけど、そんなに嫌いじゃないかも……」

しみじみと校舎を眺《なが》めて呟く八尋に、帝人も感慨深い表情で同意する。

「そうだな。いつかいい思い出として、懐かしく思うときが来るんだろう。純粋に、子供でいられた日々だ」

帝人は卒業したら父親の会社を一つ任されることになっている。

大学と並行して経営を見なければならないから、その下準備や経営状況の把握などで今からもうすでにひどく忙しい状態だった。

親の脛齧《すねかじ》りの大学生とはわけが違って、一足先に大人になる必要がある。

二人はいったんそれぞれ自分の家に戻り、それから四月の大学入学を前に同棲《どうせい》する予定のマンションへと移る。

八尋は自分の家から通うつもりだったのだが、例によって例のごとく帝人に一緒に暮らすことを強引に決められてしまったのである。

「じゃあ、今度は新居でな」

「うん。ボクは、入学式の一週間くらい前から移る予定だから」

「俺はギリギリかな。下手したら、当日からになるかもしれない」

「分かった」

帝人が多忙なのは八尋もよく知っているので、先にマンションに移って住み心地をよくしておくつもりだった。

新しい大学、新しい住居…これから何もかも変化する。

八尋はそれを不安に思い、そして同時に胸を躍《おど》らせながら卒業式に出席してくれた両親と合流した。

★
★
★

帝人と八尋が住むための部屋の準備は鷹司家の執事の手によって調《ととの》えられているという話だが、実際に住み始めてみないと使い勝手は分からない。

家にいると姉や妹がネチネチと嫌味を言ってきてうるさいので、八尋は予定どおり入学式の一週間前には新居へと移った。

マンションは駅からも近く、コンビニやスーパーも五分と歩かないところにある。何よりも人通りが多いので、治安がすこぶる良い場所だ。

さすがに鷹司家が用意しただけあって、一部屋一部屋がやけに広い。特にリビングは、その広さといい窓からの景色といい、驚くほどである。

特殊加工の大きなガラス窓からは綺麗な夜景が見え、三年間も山の中にこもっていた八尋を感嘆させた。

なんて綺麗なんだろうと見とれて、新しい生活が始まるんだという気持ちが高まる。

山の中の小さな空間を出て広い世界に足を踏み出すのは怖い気がするが、帝人が隣にいる。

高校の卒業式が終わってからはろくに会えていないものの、あと一週間もすれば帝人もこの部屋に越してきて、一緒に住むのである。

大きなテレビに、DVDとブルーレイのレコーダー。いかにも座り心地の良さそうなソファーセットは、横になっても窮屈に感じない立派なものだ。すでにケーブルテレビが契約されているから、八尋はせっせとダビングしては楽しんでいた。

マンションの周囲を散策したり読書をしたり、テレビを見たりしているとまったく退屈せずにすむが、時折フッと寂しさが忍び寄る。

一人で住むには広すぎるマンションで、人恋しさと…そして帝人不足を感じた。寝室の、巨大なベッドが寂しさに拍車をかけるのだ。

八尋は無意識のうちに胸元にある指輪をいじる。恋人同士になって初めてのクリスマスに、帝人にもらった指輪だ。

高等部の校則で、校内で装飾品の類をつけるのは禁止されている。というのは建て前で帝人のファンクラブの面々がまたキーキー騒ぐのが目に見えていたから、指に嵌《は》めることなく鎖《くさり》に通して首からぶら下げていたのである。

八尋は首から鎖を外して、指輪を抜き取る。

しばらく指で表面を撫でていたが、やがてソッとそれを左手の薬指に嵌めた。

「………」

プラチナの輝きが、指に光る。小さいのにしっかりとした重みを感じるが、そのうちに慣れてつけているのを忘れるはずだ。

帝人との約束で、大学に入ったらずっと薬指に嵌めることになっている。意外とやきもち焼きの帝人による、虫除けだ。それにベタなところのある帝人は、ペアリングというアイテム自体が楽しいらしい。

帝人はもうずっと嵌めていて、ファンクラブの面々が同じものを買おうとして奔走していたのが懐かしい。

結局、この指輪はオーダー品だから同じものは存在せず、彼らの無駄足に終わったが、似た感じの指輪を薬指に嵌める生徒がたくさん出現した。

ようやく帝人のものと対になる本物のリングが指に嵌ったわけだが、帝人はこれを見たらなんと言うだろうかと八尋は頬を緩める。

「喜ぶ……？　帝人のことだから、ニヤッと笑って遅いって文句を言うかな？」

帝人の荷物はもう運んである。あとは本人が来るだけの状態だ。

八尋はもう、五日も帝人に会っていない。帝人の忙しい仕事の合間を縫って一緒にランチをし、それきりだ。声は電話で毎日のように聞いているのだが、帝人の空き時間にかけてくるので時間はまちまちだった。

ときには夜中の二時三時、別の日には朝の六時にメールが来ていることもあって、帝人がどれだけ忙しくしているか想像に難くない。

ちゃんと食べて寝ているか心配になるが、帝人には優秀な秘書がついている。そのあたりの管理もきっちりしているだろうと自分を宥《なだ》めた。

「顔を見たいな」

他に誰もいないからこその呟きは、八尋の正直な気持ちである。

帝人本人を目の前にしたら照れくさくて言えないが、自分一人なら本音も零《こぼ》れる。

「早く、会いたい……」

八尋はフウッと溜め息を漏らし、無意識のうちに指輪をいじりながら目を瞑《つぶ》った。

★
★
★

入学式を翌日に控えた日の夜、これから新居に向かうという帝人からのメールが届いた。

すでに夕食を食べ終え、風呂にも入ってリビングで寛《くつろ》いでいた八尋は、途端に落ち着きをなくす。

なにしろ帝人と会うのは十日ぶりである。ここ一週間ばかり3LDKの真新しいマンションで一人で暮らしていたこともあり、人恋しくなっていた八尋は今か今かと帝人が来るのを待ち侘《わ》びていた。

以前はそんなことはなかった。一人でいてもまったく平気で、むしろ他人と同室など冗談ではないと思っていたのである。

実際、帝人と引き合わされるまでの一年以上を寮の一人部屋で暮らし、誰ともろくに喋《しゃべ》らない生活を送っていたが、寂《さび》しいなんて一度も思ったことはなかった。

それが今は、たかだか十日程度会えなかっただけで寂しくなるのだから不思議だった。

ソワソワとしておとなしくソファーに座っていられない八尋は、何度も立ったり座ったりを繰り返しながら帝人がやってくるのを待つ。

やがて玄関のほうからカチャリという音が聞こえてくると、思わず立ち上がってしまう。そして待っていられず、バタバタと玄関に迎えに行った。

「よお」

靴を脱ぎ、スーツのネクタイを緩めている帝人は、少し見ないうちにまた大人びたようだ。それに男っぽくなっている。

「久しぶり」

二人とも妙に顔が緩み、どこか照れくささを感じる。

「部屋の住み心地はどうだ?」

「すこぶる快適。必要なものは全部揃ってるし、便利だし。特に夜景が気に入ったかな」

「山から抜け出せたっていう気分になるだろう? 新居を決めるにあたっての、俺の唯一のリクエストだ」

「夜景が?」

「俺は、中等部の頃から六年も寮生活を送ってきたんだぞ。ネオンが恋しくなるのは当然だと思わないか?」

「うん、まぁ、分かるけどね。ボクは三年だけど、それでももう、山は結構っていう気分だから。ハイキングとか、一生分した気がする」

なにしろ山の中に建っている学校なので、しょっちゅう山歩きさせられた。おかげで生徒たちは学力だけでなく、体力面でも全国平均を上回っている。他にすることもないから部活動も盛んだし、文武両道のエリート校ということで全国にその名を轟《とどろ》かせていた。

しかしなにぶん山の中。いくら必要なものは揃っているといっても、街の喧騒《けんそう》や人混みが恋しくなったりもするのだ。

だから八尋はこの部屋に入ってまずその窓からの風景に感嘆し、夜景に見入った。そしてそれは帝人も同じだった。

「注文どおりだな。見事な夜景だ」

「バスルームからも綺麗に見えるんだよ。テレビもついてるし、なかなかお風呂から出られなくなった」

「寮じゃ、さすがにバスルームにテレビはなかったからな」

「部屋に一台あるだけで充分だと思うけど。普通の高校の寮は、談話室に一台、食堂に一台みたいな感じらしいよ」

「なんだ、それ。テレビを見るのに、わざわざそんなところまで行かなきゃいけないのか?」

「それが普通なんだって。一部屋に一台あるほうが贅沢《ぜいたく》なんだよ。テレビだけで、すごく電気を消費するじゃないか。それでなくても全寮制で、生徒数が多いんだから」

「テレビを見るために食堂に行くなんて、ありえないね。そんなことをしたら、恐ろしくうざいことになるじゃないか」

「ああ、まぁ、帝人の場合はね。周りをビシッとファンクラブの連中で固められそう。ついでに、誰が隣に座るかでギャーギャー騒ぐだろうから、テレビどころじゃなくなるかも。確かにめちゃくちゃうざいな……」

どう考えてもあの高校は普通ではなかったから、やはり一部屋に一台テレビが必要なのだと納得する。

「集団生活だからこそ、余計にプライバシーは大切なんだ。テレビくらい、好きなときに好きなものを見られないと、ストレスが溜まる」

「うん、確かに。その点、この部屋は最高！　ケーブルテレビがこれだけ入ってると、わざわざDVDをレンタルする必要ないし。ここに住み始めてから、ずっとテレビばっかり見てる気がする。楽しいよ〜」

「そりゃ、よかった。一人でも退屈しなかったらしいな」

「まぁね。あ、そういえば帝人、お腹は？　何か食べる？　帝人の家から、尾頭付きの鯛《たい》が届いたんだけど。ボクは夕食にいただいたよ。新鮮で美味しかった〜」

入学祝いにと届いたのは実に立派な鯛で、見たとき八尋は思わず怯《ひる》んでしまった。インターネットで調べて必死に捌《さば》いたのだが、かなり大変だったのだ。

しかしおかげで夕食は新鮮な刺身に煮付け、鯛めしに吸い物と豪華なものになった。

「ああ、だからか？　今日は珍しく会食なしだった。仕事をしながら食えって、サンドイッチを出されたんだよな。しかも、大して量がなかったし。鯛があるからだな」

「そうなんだ。よかった。あんな立派な尾頭付き、一人じゃとても食べきれないし。冷凍するのももったいないな～って思ってたんだよね。それじゃ用意しておくから、先にお風呂入ってきて」

「分かった」

帝人は頷《うなず》くと寝室に入っていって、スーツを脱ぐ。そしてバスローブ姿でバスルームへと向かった。

帝人が風呂に入っている間に、八尋は夕食の支度をする。とはいっても、刺身を冷蔵庫から出して、煮付けや吸い物を温めるだけだ。

広いキッチンにはダイニングテーブルもあるが、せっかくだからと八尋はリビングに刺身や箸《はし》を運ぶ。

初日だし、どうせなら綺麗な夜景を見ながらの食事のほうがいいと思ったのである。

あとはよそうだけの状態にしてテレビを見ていると、帝人が風呂から上がってくる。

八尋は立ち上がってキッチンに行き、冷蔵庫からミネラルウォーターのペットボトルを取り出すと、それを帝人に向かって投げた。

「サンキュー」

温めた料理を盛りつけ、ついでに自分用にも少しずつよそう。八尋はもう夕食をすませているが、帝人に付き合うことにした。

「はい、お待たせ。刺身用にって、生のワサビと鮫皮《さめ》の下ろし器まで入ってたんだよ。気が利くっていうか…徹底してて、ビックリした。すりたての生のワサビがあんなに美味しいなんて知らなかったし」

寮でもワサビはちゃんと生のものを出していたが、人数が多いだけにさすがにすりたてというわけにはいかない。

「香りがいいよな」

「そうそう。鯛の甘みが引き立ってねー。いただきます」

「いただきます」

六年間の寮生活ですっかり無言で食べ始めることに慣れてしまった帝人だったが、八尋は根気よく「いただきますと言え」と言い続けて子供の頃からの習慣を復活させた。

今では何も言わなくてもちゃんと言うようになり、帝人の母に大いに感謝されたものである。

彼女は、隔絶された学校生活で、帰ってくるたびに息子が俺様な性格になっていくのを憂慮していたのである。

もちろんもともとの帝人の性格ではあるが、山の中の全寮制男子校という環境が帝人の傲慢さに磨きをかけていったのは間違いなかった。

帝人はまず吸い物に手を伸ばし、それから刺身を食べる。鯛の煮付けをつつき、ハーッとしみじみ溜め息を漏らした。

「旨い…ずっとビジネスランチやら会食が続いたから、手料理に飢えてたんだよ」

「そんなに忙しくて大丈夫なわけ？　明日から大学が始まるけど」

「ああ。それを見越して、必要な顔合わせはすべて終わらせた。って言っても、四月中…いや、五月くらいまでは今の忙しさが続くけどな。それを越えれば、一緒に夕食を食えるようになるはずだ」

「じゃあ、まだ二月以上も忙しい状態が続くわけ？　体を壊すんじゃないの？」

「体力には自信があるからな。疲れが溜まったら、無理せず休むさ。うーん…目玉の周りがトロトロで旨い」

帝人は鯛の煮付けが気に入ったのか、せっせと頭をほじっている。

「そこらへん、筋肉だからね。ボクは、兜《かぶと》煮は食べるのに面倒くさくて好きじゃないんだけど。どこまで食べられるか分からないし…身のほうが楽で好きだな」

「俺は、旨いほうが好きだ。面倒でも、手をかけるだけの価値があるっていうもんだろう」

「帝人は、意外とマメなところがあるから。まぁ、がんばって。あ、ご飯も吸い物もお代わりあるよ」

「じゃあ、どっちもお代わり」

「はいはい」

帝人は身をほじるのに夢中になりながらも、しっかり刺身や鯛めしを口に運んでいた。手料理に飢えていたというのは本当らしく、いつもよりペースが早い。

こんなふうに食事をするのもずいぶん久しぶりだと思いながら、八尋はイソイソとお代わりをよそう。

結局、帝人は鯛めしと吸い物を二回もお代わりして、刺身と煮付けも完食した。どちらも大ぶりの器だから、その量はかなりのものだ。

「旨くて、食いすぎた」

渋い顔でそんなことを言う帝人に、八尋はクスクスと笑う。

「バカだな。少し静かにしてたほうがいいよ」

「そうする。うーっ」

帝人は唸《うな》りながらゴロリと横になる。クッションを引き寄せて枕代わりにすると、テレビをつけてCNNにチャンネルを合わせた。

八尋はその間に食器を洗ってしまうことにする。

帝人が綺麗に食べてくれたおかげで、後片付けが楽だ。それにここには最新式の食器洗浄器もある。

八尋は食器を洗浄器にセットしてボタンを押し、二人分のコーヒーを淹れてからリビングに戻った。

長いほうのソファーは帝人で埋まっていたから、一人掛け用に座る。こちらも大きく、八尋が胡坐《あぐら》をかいて楽々座れるほどである。

テレビではキャスターが英語で世界情勢や経済、株価の動きなどを話していて、八尋もコーヒーを飲みながらそれを見ることにした。

「――――」

八尋は中学の三年間をアメリカで暮らしていたので、英語には馴染《なじ》んでいる。けれど、ずっと使わないでいるとどうしても忘れてしまいがちで、こうして聞いていても時折分からない単語が出てきた。

特に経済用語は難しい。知らない単語がいくつも出てくるから、かなり集中しないと意味が摑めず、番組が終わるときには軽い疲労を感じたほどだ。

「……久しぶりの英語で、頭痛くなった……。やっぱり、結構忘れてるなぁ。せっかくアメリカのドラマとか見られるんだから、字幕なしで見るようにしようかな」

「そのほうがいい。英語は、喋れないといろいろ不便だからな」

「そうなんだよね。文章で読むのは得意なんだけど、ヒアリングが難しくて。訛《なま》りもいろいろあるし、英会話から離れていると本当に聞き取るのに苦労する」

「アメリカ英語を覚えると、イギリス英語で苦労するだろう?」

「そうそう。すごくカチカチしてて、戸惑うんだよ。日本人だから大目に見てもらえるけど、たまに発音とか注意する人もいるし。帝人はそういうことなかった?」

「俺は、両方習ったからな。まず、日本の教科書に近いイギリス英語、完璧にマスターしてからアメリカ英語だ。違いを教えられながらだから、分かりやすかったぞ」

「うっ…えらい。両方とも覚えたのか……。ボクも習っていたのはイギリス英語だったんだけど、アメリカに引っ越すことになって急遽《きゅうきょ》アメリカ英語に切り替えたんだよね。それから現地で覚えて、イギリス英語はどこかに飛んでいった。それに正直、言葉を崩せるぶん、アメリカ英語のほうが楽だしねー。なんていうか、アバウトで」

「そのあたりは国民性の違いってやつだな」

「いい意味でも、悪い意味でも、おおらかだから」

うんうんと頷く八尋に、帝人が思いついたように提案をする。

「せっかくネイティブな英語を身につけているんだから、それを生かさない手はないぞ。特に、専門的な分野…たとえばビジネス用語や科学、医療関係が分かるといろいろ便利だ。八尋は記憶力がいいから、単語を覚えるのは苦にならないだろう?」

「まぁ、それはね。専門的な分野ねぇ」

「英語を喋れるやつはごまんといるが、学術論文を理解できるような人間はそう多くないからな。医療用語も難しいし、その分野のスペシャリストは引く手あまただと思うぞ。それにお前、妙に真面目だからきっちりとした英文を書けるうえ、スペルミスもない。うちの使えない第三秘書よりよっぽど優秀だ」

「使えないんだ」

「誤字やスペルミスが多くて、長嶺《ながみね》をイラつかせてる。やつは、完璧主義者だからな。三カ月以内にミスをなくさなければ、他の部署に異動させると宣告したらしい」

「そうなんだ…うっかりミスが多い人間は秘書に向いていない気がするから、そのほうがいいかもね。でも、英語か…スペシャリストねぇ……」

「これから先、アメリカやイギリスに住むことだってありえるし、パーティーで専門家と話す機会もあるだろうから、言葉は貪欲に覚えたほうがいい」

「そうだね。バカにされるのも嫌だし」

　基本的に気が強い八尋らしい言葉に、帝人は笑いを漏らす。そして頬杖をついていた手を、八尋のほうへ差し伸ばした。

「八尋、こっちに来いよ」

「座るところ、ないと思うけど」

「いいから、ほらっ」

　帝人は少し後ろにずれ、自分の前にできたスペースをポンポンと叩く。

　広いリビングにふさわしい立派なソファーだから、かなり窮屈だが二人くらいならなんとか横になることができる。

　八尋は困ったような表情で立ち上がり、帝人にしがみつくような形で横になった。さすがにベッドとは違うから、ピッタリくっついていないと落ちそうになるのだ。

　二人はそうしてしばらく抱き合っていた。

「ふうっ…こうして八尋を抱きしめるのも久しぶりだな。お前が足りなくてまいった。卒業するまでは毎日側にいたからな」

「高校でも、寮でもね。あれが普通だったから、家に戻ってからしばらくは変な感じだった。特に、ここ一週間は一人暮らししてたし」

「寂しかったんだろう？」

「……そういう言い方もある」

「素直じゃないやつ。俺は寂しかったぞ。特に夜、ベッドの中でな」

「………」

　それは八尋も同じだ。一年半以上も毎日のように抱かれた体は、一人寝が続くと熱を持て余してどうしていいか分からなくなる。

　耐えられなくなって自慰で欲望を吐き出しても、かえって体が熱くなるばかりでいっこうに熱が引かないのだ。

　すっかり受け身になった自分に慄《おのの》き、恐ろしくなったが、同時に帝人もそうならいいのにと思う。

　八尋だけを求めて、八尋じゃないと満足できない体になれば嬉しい。

「八尋、好きだぞ」

「うん、ボクも……」

どちらからともなく唇が近づき、キスをする。触れたその瞬間から唇を開き、互いに舌を絡ませ合う濃厚なものである。

飢えていたのは二人ともにだ。

息をするのももどかしく唇を貪り合い、互いの体を指でまさぐる。

「このままソファーでするのとベッド、どっちがいい？」

「ベッドがいい……」

こんな狭い場所では集中できない。

心置きなく体を重ねるためには、寝室の大きすぎるほど大きいキングサイズのベッドが必要だった。

帝人は立ち上がって八尋を横抱きにし、足早に寝室へと向かう。そしてドサリとベッドにもつれ込むと、性急に八尋のパジャマに手をかけた。

今にも引き千切られそうな勢いでボタンが外され、シルクのパジャマはスルスルと滑り落ちてしまう。

ズボンも脱がされ、あっという間に裸に剝《む》かれてしまった。

「お前を抱くのも久しぶりだな」

「帝人が悪い……。忙しすぎるから、ろくに会う時間もなかった」

「そうなんだよな。親父のヤツ、面倒くさい会社を押しつけやがって。おかげで八尋に飢えた。抱きたくて仕方なかったぞ」

「……」

「お前は？　寂しかったか？」

「……少しね」

「少しだけ？　本当に？」

からかうようなその言い方が、八尋をムッとさせる。

プイッとそっぽを向いて言った。

「答えたくない」

「意地っ張りめ」

帝人はクックッと笑いながら、いやらしい手つきで尻を撫でる。

目元からキスをし、鼻、唇と下りていって、耳朶《みみたぶ》や首筋…それから腕を伝っていった。

いつもと違う道筋の終点には、薬指がある。

帝人は八尋の左手の薬指に嵌められた指輪にキスをし、嬉しそうに言った。

「ようやく嵌めたな」

「大学からは嵌めるって、約束したから……。まだちょっと慣れないけどね」

「すぐに慣れる。似合うぞ」

帝人の指にはもう、一年以上前から同じデザインの指輪が嵌まっている。時折磨きに出しているようだが、基本的には嵌めっぱなしだ。

当然八尋のものより傷がついているが、そのぶんしっくりと指に馴染んでいた。

「帝人はすぐに慣れた？」

「ああ。今じゃ、ないと落ち着かない。うるさくすり寄ってくる連中への牽制にもなるし、意外と便利だぞ」

「本当に？」

「ああ。薬指の指輪を見せて、わざとらしいほど甘ったるい表情で『愛する婚約者がいるんですよ』と言うと、引き下がるやつも多い。両親…特に母親が気に入っているなんて言うと、さらに効果的だな」

「へー」

抜け目のない帝人は、指輪すら有効利用しているようだ。意外と芝居っ気もあるから上手くいくのだろうと思う。

「ボクには難しいかな」

「ま、それでも何も着けないよりは魔除けになるさ」

「だといいんだけど」

静かな生活を望む八尋にとっては切実である。高校のときよりも格段に学生数は多いし、鷹司との関係を知らない人間がほとんどだろうから面倒くさい。

「今は、余計なことを考えずにこっちに集中しろよ」

そう言って帝人は八尋の胸に顔を埋め、チュッと吸いつく。

「いい匂いがする」

「入浴剤だよ」

そう答えたあとで、八尋は怪訝《けげん》そうに眉を寄せる。

「お風呂に入ったくせに、なんで知らないわけ？　お湯に浸かってこなかったの？」

「腹が減ってたから、シャワーだけ浴びて出てきた」

「そうなんだ…いろいろな種類を用意してくれたみたいで、バスルームの棚にズラッと並んでた。日替わりで試してるんだけど、どれもいい匂いなんだよね。誰がこの部屋を調えてくれたか知らないけど、相当気が利く人なのは確か」

「ああ、執事の息子だろう。今は父親の補佐として、二人で家のことを取り仕切ってる。さすがになかなか有能らしいぞ」

「うーん、分かる。実際に住み始めても、ほとんど買い足すものがなかったし」

普通、そうはいかない。

完璧に調えたつもりでも、実際に住み始めてみれば大抵は一つ二つ足りないものが出てくるものなのだ。

しかしこの部屋に限ってはそれがなく、家具から調味料に至るまでまさしく完璧の一言だった。

「ちゃんと次代の執事が育ってるんだ……鷹司家は安泰だね」

鷹司家ほどにもなると、家の中のことを任されている執事は恐ろしく多忙である。

何人もいる使用人を統率し指揮を執らなければいけないし、本宅の他にいくつもある別宅、別荘の管理もしなければいけない。それは日本に限ったことではないので、補佐を雇う必要があるほどだ。

それだけでなく少なからぬ金額を動かすことも多いから、信用の置ける有能な執事の存在は実に重要なものだった。

「可愛げのないタヌキ親子だがな」

話しながらも帝人の手は八尋の体をまさぐり続け、唇は肌を吸っている。

「……………」

久しぶりの帝人だ。

その体温、匂い、腕の中にすっぽりと包まれる感覚が、八尋に安堵をもたらす。そして、それと同時に欲望も。帝人が飢えたと言っていたように、八尋だって飢えていた。

ちょっとした愛撫でも簡単に火がつく。

八尋のものは立ち上がってトロトロとした雫《しずく》を零し始めるが、帝人はそれには触れずに潤滑剤を指につけて八尋の後孔をいじった。

帝人も急いているせいか、どうしてもその動きは性急なものになる。指が一本から二本に増やされるのも早かった。

「あっ、ん……」

八尋は息を吐いて、体から力を抜くようにする。

ずっと欲しかったものがようやく得られるという喜びに、体のほうが積極的に受け入れようとしていた。

「あ…帝人……」

八尋は我慢できず、バスローブの前を開いて帝人のものに手を伸ばす。

下着を着けていないそれはすでに熱く猛っていて、すぐにでも八尋を引き裂きそうだ。

「帝人…っ、もう、いいから……。早く……」

「バカ。久しぶりなんだぞ。せっかく俺が我慢してやってるのに、そういう可愛いことを言うんじゃない」

「我慢しなくていい」

「そうは言うが、まだ柔らかくなってないぞ。もう少し慣らしてからじゃないと、きつい思いをすることになる」

「いい、平気。それより、早く帝人が欲しい」

「八尋……」

指が引き抜かれ、グイッと足が持ち上げられる。

ヒクつく入口に熱いものが押し当てられ、ズズズッと潜り込んでくるのを感じた。

「――くっ！」

今まで一番長いブランクのせいか、体がまるで受け入れ方を忘れてしまっているようである。

今までにも長い休みはあったが、こんなに長い期間抱き合わなかったことはないので、そのせいかもしれない。

強い圧迫感と体内を開かれる感覚に思わず苦しそうな声が漏れるが、それでも痛みは感じなかった。

「きついか？」

「ん…ちょっとね。久しぶりだから……」

「だから、もっと慣らす必要があると言っただろうが。俺は、お前には痛みを与えないって決めてんだよ」

「……帝人だって…ギリギリだったくせに……」

八尋が触れてみた帝人のものは充分すぎるほど猛っていた。八尋だけでなく、帝人も禁欲生活を送っていたことが知れる高ぶり方だ。

それが、八尋には嬉しい。自分のことをこんなにも求めているのだと実感させられるなら、多少苦しくても我慢できた。

「動くぞ。覚悟しろよ」

「いいよ。ボクも、帝人を感じたいから……」

「バカ。加減が利かなくなるようなことを言うな」

笑いながらそう言われ、チュッとキスをされる。

しかし悠長に会話をしていられたのはそこまでで、いったん動きだした帝人は激しく、落ち着くまでにはずいぶんかかるだろう。

「あっ、あ、あ……っ！」

八尋はろくに休憩も与えられず延々と喘《あえ》がされ、マメに欲望を消化する必要性をその身でもって感じるのだ。

★
★
★

大学の入学式は、二人ともスーツを着た。

帝人はもともとたくさんスーツを持っていてクローゼットの中にズラリと並んでいるが、八尋のはこの日のためにわざわざ作ってもらったものだ。持っていないわけではないのだが、せっかくだからと父にテーラーに連れていかれた。

首周りから足首のサイズまで細かく測ってのオーダーメイドである。ついでにワイシャツやネクタイまで合わせて、上から下まですべて新しく揃《そろ》えてくれた。

着てみると、さすがにオーダーメイドだけあってどこもかしこもぴったりで、体に沿うように作られている。

「着心地いいなぁ」

セミオーダーとオーダーメイドでは、実際に身に着けたときの感触がまったく違うと八尋は感心する。それだけにおそらく値段もビックリするようなものなのだろうが、怖いから聞かないようにしていた。

隣では帝人が着替えを終えたところだ。

さすがに帝人は着慣れていて、その長身といい、面立ちといい、とてもではないが新入生には見えない。初々しさのカケラもなかった。

　帝人は腕時計を嵌めながら嬉しそうに言う。

「おっ、なかなか可愛いじゃないか。似合うな」

「ありがと。お父さんと一緒にテーラーに行って、生地とかを選んでもらったんだ。既製品じゃ体型に合わなくて、オーダーするしかなかったんだけどね」

「八尋は細っこいからな。スーツは体に合わないとみっともないことになるから、オーダーは当然だ」

「そう言うけど、オーダーは時間がかかって面倒くさい」

「最初にきっちり測ってもらえば、次からは楽だぞ。身長が伸びたり体型が変わったりしなければの話だけどな。俺はついこの間まで、長い休みに入るたびに測り直されたぞ。なにしろ、身長が伸び続けたからな。八尋は…測り直しの必要はなさそうだが」

　からかうような言葉に、八尋は憮然とする。

「なんで!?　ボクだって、まだ成長期だからっ。身長だって、まだまだ伸びる予定なのに」

「俺の見たところ、それ以上伸びる気配はなさそうだが。第一お前、この一年で二ミリしか伸びてないだろう?」

「どうしてそれを…個人情報の漏洩《ろうえい》だ。プライバシーを侵害するな!」

「健康診断のデータは、生徒会にも回ってくるからな。一年のときから身長も体重も大して変わってないっていうことは、お前の成長期は中学で終了ってことだ」

「み、認めたくない……」

「どうしてだ？　今のままで充分だろう。その美人顔であまり身長が高くなってもな。体重だって、あまり重くなられると抱き上げるのに苦労する」

「……べつに、抱き上げてくれなくていいし」

拗《す》ねてムスッとしたまま答える八尋に、帝人は意味深な視線を送る。

「そうはいかないだろう。グッタリした八尋をバスルームまで運ばなきゃならないんだから。精液でベタついている体を綺麗にしてやるのは俺の務めだからな」

「うっ……」

「昨夜だって、気絶した八尋をバスルームに連れていって、たっぷり注ぎ込んだ精液を――」

ニヤニヤと笑いながら詳しく説明をする帝人は、八尋が止めないかぎり面白がって延々と続けるに決まっている。

「うわーっ！　い、言わなくていいからっ!!」

朝っぱらからやめてほしいと、八尋は激しく動揺する。

昨夜の帝人はセーブが利かないようで、二回も八尋の中で逐情しておきながら、まだいっこうに萎える気配を見せなかった。

そのとき一緒に達った八尋のほうはもう何回射精したか覚えていないくらいで、それでもまだ揺さぶる帝人にもう無理と懇願するのが精一杯だった。

「ううっ……」

ついうっかり昨夜の自分の乱れっぷりを思い出してしまった八尋は、見事なまでに全身真っ赤になる。

「ムッ…可愛いじゃないか。目が潤んで、いやらしい顔になってるぞ。入学式なんてサボって、ベッドに戻るか?」

「バカ言うな。両親も来るっていうのに、そんなわけいかないって。さ、早く行こう。最初から遅刻は嫌だし。大学まで何で行くの? いつもの車?」

「いや、電車だ。地下鉄で三駅だから、下手したら車より早い」

その言葉に、八尋は少なからず驚く。

なにしろ帝人といえばいつでもどこでも車での送迎を受けていて、電車に乗るところなど一度も見たことがないのである。

「へぇ、ちゃんと電車通学するんだ。帝人のことだから、大学も運転手つきの車で行くのかと思ってた」

「いや、さすがにそれはな。帰りは会社に直行するし、着替える必要があるから車だが、行きくらいは学生らしくするつもりだ。電車通学なんて二度とチャンスがないしな」

「うん、まぁ、いい心がけだよね。高校じゃ同じ敷地内に寮があったし、ボクも電車通学してみたかったんだ。満員電車に乗るとか。ああ、でもたまにならいいけど、毎日満員電車は嫌かも……」

調子のいいことを言う八尋に、帝人は苦笑する。

「テレビで見るような鮨詰《すしづ》めの電車には乗る必要がないと思うぞ。そのあたりもすべて考慮に入れてマンション選びをしたって言ってたからな。大学まで三駅…座るのは難しいが、それほど混んでいないらしい」

「へぇ…そこまで考えてマンションを選んだのか……」

「執事の仕事は、隅々にまで目を配ることだ。その点、うちの執事は優秀でな。あのオヤジが慌てているところなんて、一度も見たことないぞ。子供の頃、別荘で蛇《へび》を投げつけてやったが、眉を上げただけで平然としてた。突発事態が起きても、穏やかに微笑んで処理するやつだ」

「さすが、鷹司家の執事…只者じゃない」

八尋の父はそれなりに大きな企業の社長だが、八尋の家に執事はいない。母が家政婦と二人で切り盛りできる程度の家に、家族で暮らしていた。

しかし母の実家で従兄弟《いとこ》の基樹《もとき》の家でもある伯父宅には執事がいて、八尋も可愛がってもらったが、こちらもやはり冷静沈着なタイプだった。

「執事は完璧主義じゃないとなれないのかな？　おかげでいろいろ助かってるけど。このマンション、住み心地いいんだよね。そのうえ大学までのアクセスもいいなんて、本当にありがたいなー」

そんなことを言いながら玄関で靴を履いて、部屋の外に出る。

マンションはオートロック。カギは四つしかなく、残りは何かあったときのためにそれぞれの両親に預かってもらっている。複製ができないタイプだから、絶対になくさないようにと言われていた。

エントランスには警備員が常駐していて、人の出入りをチェックしている。おかげで不審者は入れないので、芸能人の入居者も少なくないそうだ。

二人は揃ってマンションを出て、駅へと向かう。そして地下鉄に揺られて大学へと辿《たど》り着いた。

歴史を感じる門を潜《くぐ》ると、校舎へと続く道の両側で咲き誇る桜並木に思わず足が止まる。

「桜が綺麗だ……」

「ああ。いかにも入学式って感じだな」

「でも…あの高校の桜には敵わないかな。最初に見たとき、本当にびっくりした。辺り一面が薄ピンクに染まって、幻みたいに綺麗な光景だった……」

「あれはみんな驚くんだよ。花の季節が過ぎると、毛虫の多さにうんざりするけどな」

「ああ、あれにもびっくりしたよ。大量の毛虫が枝からぶら下がってるのに気がついたとき、思わずギャーッって叫んだし。山の中だけあって、いろいろな虫を見たなぁ。お坊ちゃま高校のくせに、妙に野趣溢れてた気がする……」

「そのわりには、慣れない連中も多かったけどな。よく悲鳴が聞こえてきたぞ」

「ああ、男子校なのに、『キャーッ』っていうやつね。でもあれ、本気で驚くと『ぎゃあ』だったり、『ぐあっ』だったりするんだよね。しかも、結構野太い声で」

「ま、可愛い子ぶってても、男は男だからな」

「そうそう。そのあと、しまったっていう顔をしてるのが笑える」

卒業したのはついこの間…まだ一月しか経っていないのに、すでに懐かしく感じられる。

八尋は傍らに立つ帝人に、にっこり笑って言う。

「大学でもよろしく」

「こちらこそ」

二人は満開の桜に見とれながら桜並木を抜け、受付をすませてから式次第や大学の要綱などをもらい、講堂へと向かう。

新入生とその父兄すべてを講堂に入れるのは無理だから、学部ごとに日をずらして入学式をやるらしい。

これは滅多に来られない地方在住の父兄に、大学の様子を見せたいという大学側の配慮だそうだ。

この日は経済学部と法学部の合同で、それでも講堂の中は充分混雑していた。

混み合っている中から空いている席を見つけ、着席する。

大学の門を潜ってから……いや、潜る前からうるさいほどの視線を感じる。

長身でハンサム、いかにも仕立ての良さそうなスーツを着こなした帝人と、その隣にいる人形のように整った綺麗な顔の八尋は非常に目立っていた。

単独でも充分に人目を引くのに、一緒にいるからなおさらだ。特に帝人は女性たちに熱い視線を向けられ、周りの女性たちは帝人に声をかけたそうな様子でソワソワしている。

それだけでなく、帝人の姿を見つけた途端、ワラワラと人が集まってきた。

帝人と八尋が進学したのは難関といわれる有名大学だが、同じ高校出身の生徒も多い。山の中でかなり特殊な全寮制高校ではあったが、生徒たちの頭脳レベルは非常に高いのだった。

「お、おはようございます、帝人様」

「ボク、帝人様と同じ学部です。よろしくお願いします」

「ボクは違う学部なんですけど、帝人様のお姿が拝見したくて潜《もぐ》り込んじゃいました」

「何、それ。ずうずうしい」

「うるさいなー。ほっといて」

「帝人様、スーツ、すごくお似合いです」

「格好いい……」

周りの目を気にせずに帝人様、帝人様とはしゃいでいる集団は、講堂の中にあって恐ろしく目立つ。

帝人と八尋が二人でいるだけでも人目を引いていたのに、今はまさしく注目の的だ。

人に見られることに慣れている帝人は平然と彼らの挨拶《あいさつ》を受けているが、八尋は隣で辟易《へきえき》していた。

帝人と違って見られるのは嫌いだし、特にそこに欲望の熱を込められると鳥肌が立つ。

集団になったことで視線は露骨なものになり、八尋は背筋がゾクゾクとするような悪寒に襲われた。

ただの気のせいならいいのだが、顔や腰、尻のあたりにねっとりとした視線を感じる。

相変わらず帝人のファンたちはうるさいし、女性たちの熱い視線も気になる。八尋に邪《よこしま》な目を向けている男も少なからず存在していた。

「前途多難の予感……」

八尋はフウッと大きな溜め息を漏らした。

★
★
★

帝人と八尋は同じ経済学部で、取っている講義もすべて同じだ。だから朝は八尋の作った朝食を食べてから一緒に部屋を出る。

地下鉄に揺られて大学に行き、講義を受けることになる。一年のうちは講義数が多く、この日も一限目から三限目まで入っていた。

昼休みを告げるチャイムが鳴ると、ノートや筆記用具を片付けながら八尋が聞く。

「お昼、どうする？　学食？　それとも外に食べに出る？」

「面倒だから学食でいい」

「人が多そう…でも、確かに試してみたいかも」

あのお坊ちゃま高校とはわけが違う。まず間違いなく帝人の口には合わないと思うが、どんなメニューがあるのか楽しみだ。

二人が学食に向かうと、後ろからゾロゾロとついてくる一団があったが、八尋は気にしないようにした。

「へぇ…結構広い……」

大学の敷地内には一棟、二棟といくつもの校舎が建てられていて、学食の数も多い。

だから一つ一つは手狭なのではないかと思っていたが、二限目の講義があったのが一番大きな棟だったせいか、学食もかなりの広さがあった。

「メニューもわりとあるなぁ。ボクは日替わり定食にしようっと。帝人は？」

「同じだな。これは、ここでチケットを買って取りに行けばいいのか？」

「そうらしいね。カウンターで受け取るみたい」

「じゃあ、俺が行ってくるから、八尋は席を取っておけよ」

「分かった。奥のほうで探しておく」

どこにしようかと食堂内を見回して、給湯器があるのに気がつく。どうやら水だけでなくお茶も出るようだ。

八尋は二人ぶんのお茶を湯呑みに注いでトレーに載せ、なるべく奥の目立たない席を見つけてそこに座る。

向かいの席に帝人のぶんのお茶を置くと、すぐさま声がかかった。

「あの…この席、いいかしら？」

「私はここ！」

八尋がどこに座るのかとついてきた女性たちが、早い者勝ちとばかりに荷物を置いて席取りをしている。

いちおう、八尋に了承を求めてはいるものの、答えを待つことはない。特に帝人の隣はいっせいに二つも三つも荷物が置かれ、ちょっとした諍《いさか》いが起こっている。

鷹司家に対する遠慮がないぶん、高校のときより露骨だ。

八尋は溜め息を漏らしてお茶を口に含み、その味に顔をしかめた。

お坊ちゃまの多かったあの高校では、学食で出されるお茶も上等なものだった。当然、ボタンを押してジャーッと出てくるタイプではない。

このぶんだと水もまずいだろうから、ミネラルウォーターを持参する必要がありそうだ。

八尋が我関せずでボーッとそんなことを考えている間に、どうやら席の奪い合いにも決着がついたらしい。

勝者以外は実に不満そうだが、帝人が二人ぶんのトレーを手に近づいてくると表情をにこやかなものへと変えた。

なかなか見事な変わり身である。

「待たせたな」

目の前にトレーが置かれ、八尋は礼を言う。

「ありがとう」

日替わり定食は肉野菜炒めにから揚げとコロッケ、それに漬け物や味噌汁がついている。おかずが作りたてではないのは一目で分かるが、全体的なボリュームはたっぷりだ。

帝人が座って箸を手に取ると、女性たちが我先にと話しかける。

「あ、あの、鷹司くん。私、三輪真奈美《みわまなみ》っていいます。同じ経済で、講義もほとんど一緒なのよ。真奈美って呼んでね」

「私は相田理沙《あいだりさ》。文学部の二年よ。よろしくね」

「ちょっと、なんで二年がいるんですか。あっち行ってよ」

「そうよ。同じ新入生同士、交流を深めるんだから。ね、鷹司くん、どこのサークルに入るの？　私も鷹司くんと同じとこに入りたいな」

「鷹司くんってちょっと言いにくいから、帝人さんって呼んでいい？　それとも、帝人…とか。きゃあ♡」

食事をしようとしている帝人と八尋の迷惑も考えずに話しかけてくる彼女たちに、帝人は顔をしかめる。

「俺は、今から昼飯なんだよ。少し静かにしててくれ。それから、俺はサークルに入る気はない。あと、名前で呼ばれるのも断る」

「そんなぁ」

「サークルに入らないなんて、つまらないよ。せっかく大学生になったんだから、しっかり遊ばなきゃ」

「そうよー。私と一緒にテニスサークルに入りましょ」

「あら、ヨットクラブがいいわよ。夏はクルージングで、冬はスキー。私のビキニ、すっごく可愛いんだよ。帝人くんと一緒に海に行きたいな♪」

「胸もお尻もない幼児体型のくせに、よく言うわ。その点、私のはすごくセクシーなのよ。帝人くんも気に入ると思うなぁ」

いっこうに収まらない彼女たちの勢いに、帝人は苛立ちも露《あら》わにバンと平手でテーブルを叩いた。そしてギロリと睨みつけながら言う。

「やかましい！　俺は、メシを食うんだと言ってるだろうが！　お前ら、どっか行け!!　それと、名前で呼ぶなっ」

「きゃあ」

「ご、ごめんなさい」

「悪気はなかったの。ただ、てい…鷹司くんのことが知りたいと思って」

口々に言い訳を始める彼女たちは、少しも静かになる気配はない。謝罪から再び自身の売り込みへと変わってくると、帝人の表情がますます険しくなった。

「やかましいと言ってるだろうが！　散れっ!!」

大迫力の雷にはさすがにまずいと思ったようで、彼女たちはそれ以上の不興を買わないようにと我先に逃げ出した。

「ふうっ…これでようやく静かにメシが食える」

疲れた様子で呟く帝人を、近くに座っていた学生たちが怖々と見つめている。

面倒だから傍観者でいた八尋は、肩を竦《すく》めて言った。

「彼女たちに比べると、高校のサルたちが、可愛く思える……。ボクにはキーキーうるさかったけど、帝人がいれば静かになったからまだマシな気がする」

「あの手の女は、ずうずうしいからな」

積極的に自分を売り込んできただけに、それなりに可愛らしかったり、綺麗だったりする女性ばかりだった。その容姿から、さぞかし周りの男たちにちやほやされてきたのだろう、まさしく八尋の姉妹を思い起こさせる女性たちだ。

「すごく苦手なタイプ……」

「鬱陶しかったら、追い払うさ。かなり苛々させられそうだが」

「相手が女性なだけに暴力に訴えるわけにもいかないし、なまじ権力争いとは縁のない家だと、鷹司家の力がどんなものかよく理解できないだろうからね。純粋に玉の輿を狙《ねら》ってくるぶんだけしつこそう……」

「言うな。考えると頭が痛くなる。とにかく、メシだ、メシ。またうるさい女どもに襲撃される前に、メシを食うぞ」

「そうだね。いただきます」

「いただきます」

改めて箸を取ったが、彼女たちのせいで定食はすっかり冷めている。

憮然としながらおかずを口に運んでみると、二人の眉間に大きな皺《しわ》が寄った。

「……まずい」

「うん…まずい。でも、まぁ、学食って普通はこんなもんじゃないのかなぁ。値段を抑えて、一度に大量に作るわけだし」

「うちの高校は旨かったぞ」

「あれは特別だよ。舌の肥えたお金持ちのお坊ちゃまが多いから下手なものは出せないわけで、食材も一流、調理もどこかのホテルから引き抜いたシェフが担当してるって聞いたけど」

「基本、作りたてだったしな」

「それは厨房の人数が多いから可能なんだよ。人件費が一番高いのに、贅沢に人を使ってたからなぁ。こういう料理を食べると、しみじみお坊ちゃま学校だったんだって思い知る」

「いつかなんて言わず、すでに高校が懐かしいぞ。それにしても、こんなにまずくてよく暴動が起きないな」

「そのぶん安いし、量もたっぷりだからじゃないの。それに、始めから学食に過大な期待はしないと思うけど。この値段でこの量は、学食じゃないと食べられないよ。仕送りの少ない学生だって多いだろうし、あまり贅沢を言っていられないんじゃないかな」

「そうなのか?」

「質より量が大切な年頃だとは思うよ」

「俺は、質も量も大切だと思うぞ」

憮然とした表情でそんなことを言いながらも、帝人は箸を進めている。

「うーん…まずい」

しみじみと呟きながら、それでもしっかり完食するところがえらい。

最後にお茶を飲んで、これまた大きな溜め息を漏らした。

「日本茶までまずいのか…というか、これはなんの茶だ？」

「ほうじ茶っていうんだよ。お坊ちゃまにはあんまり縁がないだろうけど。今度から、ミネラルウォーターを持ってきたほうがよさそうだね」

「棟ごとに、いくつも学食があるよな。みんなこんなにまずいと思うか？」

「そりゃ、そうだろ。学食なんてどこも大して変わらないと思うけど」

「昼だけとはいえ、こんなまずいもんを四年間も？　勘弁してくれ。……鷹司のバックアップで、学食を一つ改装するっていうのはどうだ？　内装から全部変えて、ついでにシェフも入れ替える感じで」

これが本気の提案だということは八尋には分かる。そしてきっと、定食の値段は今の三倍…下手したら五倍くらいになるに違いない。

「あのね…なんでも自分の思うようにできると思うなよ～。こういう不自由さに耐えるのが、学生の醍醐味《だいごみ》っていうやつじゃないの？　大人になったらまずいものを無理して食べる必要はなくなるんだから、今のうちに味わっておきなよ。このまずさも大学の思い出の一つになると思って」

「分かるような、分からんような……。いや、しかし、これに四年も耐えるのは、なかなか厳しいものがあるぞ」

「お坊ちゃまめ」

公立の普通の小学校に通っていた八尋は、学校で出される給食を食べていた。だからこういう、大量に作り置きする料理にも慣れている。

しかし帝人は生まれたときから最高級の料理しか口にしていないので、学食の定食はかなりの試練だったようだ。

「食事は重要だ。まずいもんを食うと、そのあとの士気に悪影響を及ぼす。……そういや、社食で食ったことなかったな…今度行って試してみよう。ここと同じようだったら、大改革してやる」

自分に任された会社だから、面倒な手続きなしに好きなようにできる。

多少八つ当たりのような気がしないでもないが、確かに社員食堂の味が良くなれば社員の士気も向上するに違いない。

「まぁ、がんばって」

八尋にとってはあくまでも他人事《ひとごと》だ。大学でこれ以上目立つようなことをされるより、八尋には関係のない会社で張り切ってもらったほうがいい。

八尋は無責任にエールを送り、無意識のうちにうっかり出しがらで淹れたようなほうじ茶を口に運んでまた顔をしかめた。

★
★
★

大学に入学してからというもの、帝人と八尋は次から次へとやってくるサークルへの勧誘を断りまくり、飲み会への誘いも断りまくっていた。

一つ断っても十歩と歩かないうちに次の誘いがくるといった感じだったので、かなりうんざりさせられる状況だ。

鷹司帝人の名前は、大学でもすぐに知れ渡った。

そのハンサムな見た目と家柄は女性たちの目を輝かせ、口実を作っては帝人に話しかけるということをさせる。そしてそれは何も同じ新入生に限ったことではなく、二年や三年、四年に至るまで隙あらばという感じですり寄ってきた。

おかげで帝人は何度となく大声を上げる羽目になり、仏頂面をしているときが多い。それでなくても任された会社の仕事で忙しいのに、大学でまで煩《わずら》わされるのだから気が立つのも無理はなかった。

朝はなるべく授業開始ギリギリに大学に行くようにして、講義が終わると帝人は門の近くに停まっている車に乗り込んで、そのまま会社へと向かう。車の中でスーツへと着替え、夜遅くまで仕事をするのだ。

帰宅はいつも夜半過ぎとなり、八尋は一人で夕食を食べることになる。こうも毎日忙しいと、帝人が無理やり同棲に持ち込んでくれてよかったと思うほどである。一緒に住んでいなければ、大学でしか帝人と会えないという事態に陥るところだった。

帝人も八尋も、取っている講義は最小限必要なものばかりだ。一年のうちはそれだけでもずいぶん多くの講義数があるし、特に興味を持つものがなかったせいもある。

帝人などはその忙しさや任された仕事の重要さからも今さら大学に行く必要はないのではないかと思ったが、最終学歴が高卒だと、親戚や社内でうるさく言ってくる年寄りが少なくないらしい。

もちろん黙らせることは簡単なのだが、弱みは一つでも少なくしたい帝人は、大学を卒業しておいたほうが後々の面倒がなくなると判断したとのことだった。

帝人と八尋は薬指に揃いの指輪を嵌めている。いつも二人が一緒にいることもあり、目ざとい女性たちはそれを見つけて目を吊り上げていた。

しかし彼女たちのうるささに帝人が不機嫌になり、話しかけるとものすごい目で睨まれるから正面きって聞いてきたつわものはいない。

それでも二人と同じ高校出身の学生が多数いることもあり、帝人と八尋が互いの両親も認めた恋人同士だということは水面下でひっそりと広まっていったのだった。

そしてようやく浮き足立った空気が薄れてきた頃、新聞部から号外が発行された。

今年の注目新入生たちというその記事には、容姿の整った男女が写真つきで紹介されているが、紙面の大部分は帝人と八尋で占められている。しかも見出しは、『目玉の二人はラブラブカップル』というものだった。望遠レンズで撮ったのか、ペアリングの写真もしっかり掲載されている。

門を潜ったところで号外をもらった八尋は、思わず「ゲッ」という妙な声を出してしまう。

「な、なんだよ、これーっ!!　ラブラブカップルって……」

絶句する八尋の横で、帝人は笑いながら記事を読んでいる。

「ニュースソースはうちの高校の生徒だな。やけに詳しいうえに、正確だ。同棲していることまで書いてあるぞ」

「何、それ。何、それ。何、それ———っ!?」

「お前がやけに可愛く写っている写真が何枚も載っているってことは、提供したのは八尋のファンなんじゃないか？　これ、高校の写真部の連中が密かに売ってたやつだしな」

「はー？　ボク、そんなこと知らないんだけど。写真を売ってたって…本当に？」

「ああ。着替え中や体操着姿のヤバイ写真を処分をさせる代わりに、健全な写真の販売は黙認してた。でないと連中、陰でどんどんエスカレートするからな。手綱は多少緩めておかないと」

「うう～ん…他人が自分の知らないところで写真を持っているのって、すごく嫌だ……」

「乳首やら太腿やらを撮られて、露骨にオカズにされるよりはいいだろうが。妥協は必要だぞ」

想像するのもおぞましいその光景に、八尋の眉間の皺が深くなる。

さんざん唸《うな》ったあとで、諦めの溜め息を漏らした。

「ふうっ…男子校って……」

「いやいやいやいや、お前の場合、男子校は関係ないだろう。普通に生活していても、男のストーカーがつくんだから」

「うっ…嫌なことを……」

「そう考えると、俺と出会うまで変装してたのは大正解だったな。庇護なしで顔を晒して生活していたら、一週間も経たないうちに犯《や》られていたはずだ。俺のモノだって公言したあとも、襲うバカがいたくらいなんだから」

「……あの高校が特殊だったんだよ。中学から全寮生…しかも世間から隔絶された山の中に全寮制男子校を作るなんて不健全すぎる。ホモが大量発生するわけだよ」

「しかしその環境のおかげで勉強に集中できて、全国でも指折りの進学校なんだぞ。誘惑がないから放課後は部活に励むしかなくてスポーツでも有名で、何人ものオリンピック選手を輩出しているしな」

「うう～ん…でもなぁ…息子をホモにするのって、どうなんだろう……」

「真性じゃないかぎり、大学でバイや女オンリーになるヤツのほうが多いらしいぞ」

そう言ったあとで、帝人はニヤリと物騒な笑みを見せる。

「もっとも俺は、お前を逃がすつもりはないけどな。今さら、やっぱり女のほうがいいと言っても、聞く気はないぞ。もちろん、男もな」

「……言わないよ。そんなこと。女の人は苦手だし、男はもっと嫌だ。もともと、清く正しく生きていくつもりだったんだから」

「もう清くはないな」

「おかげさまで。帝人と見合いさせられてから、予定にない波乱万丈な日々を送らせてもらってるよ。変装をしたままなら、それまでと同じ平穏な日々が約束されてたのに」

八尋は恨めしいとばかりに睨みつけるが、帝人には効かない。ニヤニヤと笑って楽しそうに言った。

「平穏なんて、つまらないだろう。いろいろあるからこそ、面白いんじゃないか」

「ボクは平穏が一番好きなんだよ。波風立てず、ひっそりと生きていくのが夢だったのに……」

「その顔を晒している以上は無理だな。どのみち新入生の目玉として紹介されて、男たちに狙われてるだろう。異常に男受けする顔しやがって」

「好きでこんな顔してるわけじゃない。だから、この先もずっと変装したままでいようかなって思ってたのに」

あの高校は最悪の環境だったけれど、変装を解くまでの一年七カ月は実に平穏な日々だったのである。八尋の成績は学年で五位以内に入っていたので一人部屋だったし、優秀な成績のおかげで周りの生徒たちもおかしなちょっかいをかけてこなかった。根暗だのオタクだのさんざん陰口は叩かれたが、実害はまったくなかったのである。

八尋自身が少しも打ち解けようとしなかったために無視に近い状態だったが、面倒な人間関係に煩わされるよりそのほうがずっとよかった。

帝人に出会わず大学に入ってからも変装を続けていれば、根暗と思われて友達は作りにくいかもしれないが、少なくともこんなふうに大学新聞の記事になったり、男のストーカーに狙われる心配をしなくてもよかったのである。

「ああ～ボクの平穏な大学生活……」

「毅然としてろ、毅然と」

「分かってるよ！」

「美人が冷めた顔をすると迫力があるからな。お前は気位の高い女王様になっていればいい。おいそれと声をかけられないような」

「あの高校のおかげで、そういうのは得意になったけどね。でも、ずうずうしいタイプには効かないんだよなー、あれ」

空気が読めない人間は、いくら八尋が他者を排除する空気を発していてもまったく気がつかない。無視しても平気で話し続けるし、睨みつければ見つめられたと喜ぶのだ。結局、放置するのが一番だと分かって、視界に入っていないかのように扱った。

「やだなぁ……」

この顔でなおかつ恋人が男だと分かると、視線にますます熱がこもることが多い。男を相手にすると知って、妄想に拍車がかかるらしいのだ。

新聞部による号外は、大学の隅々にまで行き渡ったと見える。いつも以上に帝人と八尋は注目の的で、好奇の視線が突き刺さるようだ。

「ああ、鬱陶しい……」

「気にするな」

「帝人は図太くてずうずうしいからいいけど、ボクは繊細なんだ。こんなふうに、赤の他人にジロジロ見られたくない」

「どうせ赤の他人なんだから、気にする必要はないだろう」

「そうかもしれないけど、鬱陶しいものは鬱陶しいんだよ。特にボクに向けられるのは、女の子の嫉妬の目と、その気のある男どもの気色の悪い目なんだから。やだやだ。帝人、早く講義室に行こう」

「そうだな。そうすれば、とりあえず同じ講義を取っている連中だけになる」

二人は周りの人間が声をかけられないほどの速足で、一限目の講義がある講義室へと向かった。

講義前には男女問わず号外の記事について聞かれどおしでうるさかったが、二人はいっさい答えなかった。

話しかけられずにすむ講義中だけが唯一の安らぎの時間だが、一限目の講義が終わるや否や、後ろに座っていた女子が声をかけてくる。

「鷹司くん、次の講義休みだって。三限まで時間あるし、一緒にお茶しない？」

「あら、それなら私とお茶しましょうよ。鷹司くん、いつも講義が終わるとすぐ迎えの車に乗っちゃうから、一度ちゃんとお話ししたいと思ってたの」

「ちょっとー。私が先に声をかけたのよ！」

「教授が終わりって言い終わらないうちに立ち上がったものね。あれ、フライングじゃないの？　第一、選ぶのは鷹司くんだし」

睨み合う二人の間に、バチバチと火花が見えそうだ。

「ちょっと！　あなたたち、抜け駆けしないでよ！」

「そうよ。私たちだって、鷹司くんとお話ししたいんだから」

帝人に近づく絶好のチャンスとあって、彼女たちも気合が入っている。

いつも帝人は講義が終わるとさっさと会社へ行ってしまうから、休講ぶんの一時間半と昼休みの一時間…たっぷり二時間半も一緒にいられる機会などなかなかないのだ。

今の講義中に休講の情報が回っていたらしく、道理で講義中にもかかわらずやけに化粧直しをする女性たちの数が多かったはずである。

彼女たちは、誰が帝人と一緒に過ごすかで激しく揉めている。誰もが美しく装い、完璧な化粧をしていたが、この言い争いを見れば大抵の男はゲンナリする。

こういうとき、八尋は下手に口を出さない。

女性受けの悪い八尋が何か言えば余計に女の子たちがいきり立つのは経験ずみで、帝人に任せることにしていた。

そしてその帝人は、「やかましい！　散れっ!!」と怒鳴って八尋の手を掴み、講義室を抜け出すのだった。

どこに行っても人の視線が鬱陶しい。

特に今は帝人が八尋の手を引いているから、余計に好奇の視線を集めていた。

「次の講義、休講だってさ。どうする？」

「昼休みと合わせて二時間半か…何かするには短く、何もしないでいるには長い…どうせなら一限か最後の講義を休講にしてくれりゃいいのに」

「教授の都合なんだから、そういうわけにはいかないって。それにしても二時間半か…とりあえず早めのお昼にして、カフェにでも行く？　大学にいると、またワラワラ人が寄ってきてうるさいだろうから」

「そうだな。いくつか読まなきゃいけない書類もあるし。ちょうどいい」

「じゃあ、そうしよう。ボクも、続きが気になる本を持ってきてるし。あまり大学の人間がいないところがいいな」

どうせどこにいても視線は追ってくるが、大学の中ほどではない。

帝人と八尋はキャンパスの外に出て、駅とは反対側にある洒落た外観のカフェへと入った。ランチタイムにはまだ早かったので、そこで何か食べるつもりだったのである。

運よく奥まった席に座れたので、静かで落ち着く雰囲気だ。

カフェといってもパスタはあるし、味もそこそこいける。コーヒーも家で飲んでいるのに比べれば格段に落ちるが、大学の学食に比べればずっと美味しかった。

二人は簡単な食事を終えると二杯目のコーヒーを頼み、帝人は持参の書類を、八尋は文庫本を開いて午後の講義までまったりとした時間を過ごした。

午後の講義の直前になって大学に戻ってみると、相変わらず多くの視線が追ってくる。二人は話しかけられないよう、開始ギリギリに講義室に飛び込んだ。

講義が終われば速攻で帰り支度をすませ、話しかけてくる人々を振り切って外に飛び出す。

せっかく落ち着いてきたところだったのに、また入学直後のときのような騒がしさに戻ってしまった。

二人は大股でガツガツと正門まで歩き、そこで別れることになる。

正門の前には黒塗りの大型車が停まっていて、この日は帝人の第一秘書である長嶺が出迎えた。

男性的でありながらもどこか優しげな印象を与える人物なのだが、帝人いわく見た目とは正反対の腹黒さだという。必要とあらばえげつない提案も平気でしてくる恐ろしいやつだから、八尋には絶対に近づくなとうるさかった。

けれどさすがに顔を合わせて無視というわけにもいかないので、八尋はペコリと頭を下げて挨拶をする。

「あっ、長嶺さん。こんにちは」

長嶺はその端整な顔でニコリと微笑み、挨拶を返した。

「はい、こんにちは。相変わらず八尋くんは綺麗ですね」

「い、いえ、そんな……」

長嶺は会うとこんなことばかり言ってくるが、そこに色めいたものは感じない。むしろ、からかわれているのではないかと思うくらいだ。

「長嶺、八尋に色目を使うな」

帝人はシッシッとばかりに長嶺を車の中に追いやって、八尋に言う。

「寄り道せず、まっすぐ帰れよ」

「何それ。子供じゃないんだから」

「今日は、例の号外のせいで周りが浮き足立っているからな。下手に寄り道をすると、うるさいのに捕まるぞ」

「あー…そうだね。おとなしくまっすぐ帰ることにする」

コクリと頷く八尋に帝人は頬を緩ませ、往来にもかかわらず頬にキスをした。

「いい子だ。じゃあ、行ってくる」

「ん、行ってらっしゃい」

キャーだのワーだのいう声が周囲から聞こえてきたが、二人とも無視だ。

八尋はいつもどおり帝人に手を振って別れ、駅への道を歩き始めた。

朝、一緒に大学へと出かけ、同じ講義を取っている帝人と八尋なので、八尋が一人になるのは校門の側で帝人と別れてからだ。

駅までほんの五、六分。八尋が寄り道する場所も限られているし、どこにも寄らずまっすぐ帰ることも多い。なにしろ大学近くは視線が鬱陶しいので、どうせなら自分のマンションのある駅のほうが落ち着くのである。

けれど書店やＣＤショップなどは大学の近くのほうが規模が大きく、品数も豊富だ。だからそれらに関しては別だった。

しかし今日ばかりはどこにも寄らずにまっすぐ帰ろうと足早に駅に向かっていると、後ろから名前を呼ばれる。

「中神八尋っ！」

「………」

聞き覚えのある声だと思いながら振り返ってみれば、思ったとおり若狭がいた。

「こんな記事が出たからって、調子に乗るなよ！」

「また若狭か……」

帝人の前で八尋に文句を言いたくないのか、若狭は八尋が帝人と別れるまで待っていたらしい。

号外を握り締め、ワナワナと震えるほど動揺していた。

「こんなふうに記事になったって、ボクは認めないんだからな。お前、ラブラブカップルって雰囲気じゃないしっ」

「うん、まぁ、ラブラブとか言われると、気持ち悪いけど」

「どうして気持ち悪いんだよ！　帝人様とラブラブなんて、最高じゃないか。お前のそういうところが嫌いだっ」

「はいはい。わざわざそんなことを言うために来たのか？　暇なやつ」

「うるさいっ。手、見せろ」

「手？」

「左手、薬指。帝人様とお揃いの指輪を嵌めてるって、本当か？」

「これのこと？」

八尋が若狭に向かって左手を翳《かざ》すと、若狭は悲鳴にも似た声を上げる。

「ああああっ！　ひどい、本当にお揃いだ！」

「そりゃ、帝人にもらったわけだし。高校のとき、首からぶら下げていたの、気がつかなかった？　サル軍団の情報網は侮れないから、てっきり知ってるとばかり思ってたよ」

「サル軍団言うなっ。情報は…回ってきてたけど、みんな信じたくないから、よく似てる指輪っていうことで自分を納得させてたんだよ」

「現実逃避か……」

「うるさいなー。そんなの、認めたくないに決まってるだろ。あの帝人様が選んだのが、なんでお前なんだよ。そりゃ…ちょっとは綺麗な顔してるかもしれないけど、お前って意地悪で帝人様に逆らいまくりなのに」

「なんでもかんでも従う人間って、気持ち悪いし。帝人の周りには逆らわない人間しかいないから、うんざりしてたんじゃないの?」

「……………」

思い当たる節のある若狭は、何も言い返せない。悔しそうに唇を噛み締めるだけだ。

あの高校での帝人は本当に王様で、誰一人として逆らえなかった。帝人と親しくしていた生徒会の人間でさえ、帝人が決めたことに関しては否と言わなかったのだ。一般の生徒など、まさしく絶対服従という感じだった。

「とにかく。若狭がなんと言おうと、ボクたちは結構上手くいってるんだよ。ペアの指輪を嵌めるくらいにはね」

そう言ってこれ見よがしに左手を上げてヒラヒラと振ってやると、若狭は「お前なんか嫌いだ――っ」と叫んで走り去った。

「……相変わらず、からかいがいのあるやつ……」

反応が面白いから、ついついいじめてしまう。真正面からぶつかってくる若狭のことは嫌いじゃないと思いながら、八尋は再び歩き始める。

大学から駅までの帰り道なだけあって、周りには同じ大学と思われる学生たちがゾロゾロ歩いている。

「ねぇ、ちょっと。中神八尋くん？」

「……」

険のある、高い声。こんなふうに呼び止められるときは、ろくなことがない。それについさっき、若狭に絡まれたばかりだ。

これ以上面倒なことはごめんだとばかりに、八尋は聞こえなかったことにしてそのままスタスタと速足で歩き続けた。

「ちょっと、中神八尋！　待ちなさいよっ」

「……」

どうやら相手は八尋を逃がすつもりはないらしい。

八尋はしぶしぶ足を止めると、振り返った。

「……何か？」

八尋の黒々と濡れた瞳に見つめられ、相手の女性が怯むのが分かる。

遠くで見ているぶんには人形めいている八尋だが、近くでその目を覗《のぞ》き込むと大抵の人間はこうして怯むのだ。

艶やかに光を放つ黒々とした瞳が潤んでいて、八尋にその気がなくても相手は誘われているような感覚を覚えるらしい。

しかしここで反応は二つに分かれる。

男性はそのままフラリと八尋に近づきそうになり、女性はその潤んだ瞳に男が簡単に落ちると悟り、嫉妬と反感を覚えるのだった。

気の強い女性ほどその傾向が顕著で、声をかけてきた女性もやはり例に漏れないようである。

「……あなたが中神八尋？」

「知っていたから声をかけたんじゃないですか？」

「そうだけど…何よっ、えらそうに。あなた、鷹司帝人様とお付き合いしてるって、本当？」

帝人のことを「鷹司くん」じゃなく「様」をつけているあたりで、女性の立場が分かる。こういう呼び方をするのは、鷹司家の力のほどをよく理解している上流社会の人間だ。

「知らない人にそんなことを聞かれても、答える筋合いはないと思いますけど。それに、答える義務も」

そう言って立ち去ろうとすると、腕を掴まれて引き止められた。シャツ越しとはいえ長い爪が刺さって痛い。

「ちょっと待ちなさいよ。逃げるの？　付き合っているの、本当なんでしょう？　ちゃんと聞いているんだから。あなたなんて、いくら綺麗でも男じゃない。お父様の会社だって大したことないし、私のほうが帝人様にふさわしいわ。帝人様があんな山の中にこもっている間に落とすなんてずるいじゃないのよ」

聞き飽きたセリフだ。

良いところのお坊ちゃま揃いだったあの高校で、父親が新興のIT企業社長でしかない八尋への風当たりは強かった。帝人の庇護下に入ったから表立って文句を言う者はいなかったものの、自分のほうがふさわしいといったことを口にする輩は多かったのだ。

だから今さら怯むようなこともなく、八尋は冷たい声で言う。

「それでいったら、あなたより条件がいい人はたくさんいますよね。帝人をオークションに出品でもしますか？　誰が一番好条件で、鷹司家や帝人のためになるか。競り落とせるのはあなたではないと思いますよ」

「……くっ」

そんなことをしたら、日本だけでなく世界中から妙齢の女性たちが参加してきそうだ。そしてそうなれば、目の前の女性など参加権利さえないに決まっている。

それが分かっているから女性は反論できず、矛先を変えてきた。

「でも、あなた男じゃない！　いくらちょっと綺麗な顔してるからって、男同士なんて不毛よ。周囲だって許さないわ」

「許されてますよ。ボクの両親も、帝人の両親も、承知のうえの関係ですから。そもそもボクたちは、互いの両親によって引き合わされたんです」

「ウソ…でしょう？」

「本当です。お疑いなら、帝人の両親に聞いてみてください。ボクの両親では、あなたは納得しないでしょう？」

「……」

直接的にはなんの関係もないのに、そんな失礼なことができるはずもない。ましてや相手は帝人の両親…鷹司家の当主夫妻だ。

それが分かっているから、八尋はなおも言う。

「とにかく、ボクはもうあなたの質問に答えましたから。真偽を確かめたいのなら、帝人の両親にどうぞ。なんでしたら、ボクのほうから説明してもらうよう連絡を入れましょうか？　あなたのお名前は？」

「……っつ」

顔色を青くして口を噤《つぐ》む相手に、八尋は肩を竦めた。

「名乗れもしないのに、自分のほうがふさわしいと言えるのはすごいですね。帝人に報告をされたくなかったら、もう二度とボクの前に現れないでください」

「……」

もちろん八尋はいちいちこんなことを帝人に言ったりしないが、相手はそれを知らない。こう言っておくと、二度と煩わされないですむから楽なのだ。

実際、女性は唇を噛み締め、憎々しげに八尋を睨みつけて立ち去った。

「ああ、もう、まったく」

帝人の言うとおり、寄り道などしている場合ではない。あの号外のせいで、面倒なことになっていた。

これ以上絡まれるのは避けたい八尋は、もったいないと思いながらタクシーを停める。周囲の視線を感じながら乗り込んで、マンションのある住所を告げた。

地下鉄で三駅だから、タクシーに乗ってもそれほどはかからない。ほんの十数分乗っただけで目的地に着くと、料金を支払って降りる。

エントランスに常駐している警備員に会釈してエレベーターに乗り込み、自分の部屋へと向かった。

このマンションに越してきてからまだ一月も経っていないが、八尋はもうすっかりリラックスできるようになっている。

過不足なく調えられた居心地のいい部屋に、自分たちの気配が染み付き始めていた。

外から帰ってきて扉を開けると、ほんのりと帝人愛用のコロンの香りが八尋を迎える。それが八尋をホッとさせるのである。

靴を脱いで洗面所へと行き、手を洗う。ついでに顔も洗ってサッパリし、八尋はハーッと溜め息を漏らした。

「人間って面倒くさい……」

自分たちのことは放っておいてくれればいいのに、なかなかそうはいかない。

いっそ引きこもりになりたい…と呟く八尋だった。

例によって帝人から遅くなるというメールが来たので、八尋は一人寂しく夕食を摂ることになる。いちおう、栄養バランスを考えて作っているものの、ついつい手抜きになりがちだった。早めに風呂に入ってパジャマを着込み、ソファーに寝転がって本を読む。もともと一人で過ごすことの多かった八尋は、今では活字中毒と言っていいほどの読書好きだった。

本の世界に入り込みながらも、耳は無意識のうちに玄関のほうに向いている。

カチャリと扉が開く音が聞こえると、八尋はすぐさま読んでいた本を閉じる。そして寝転がっていた上体を起こして座り直し、姿を見せた帝人を出迎えた。

「お帰り」

「ただいま」

「今日も遅かったね。ちゃんとご飯食べた?」

「ああ、食った。脂ぎったオッサン相手に、脂っこいフレンチを。旨かったが、胸焼けしそうな心境だ。しかもなんかいま一つ食った気しないんだよな」

「お茶漬け食べる？　軽くなら、大丈夫だと思うんだけど」

「ああ、いいな。米粒が食いたい気分だ」

「じゃ、作る。少し時間かかるよ」

「俺は、その間にシャワー浴びて着替えてくるわ。はーっ、疲れた」

面倒くさいからとシャワーですませることも多い帝人に、八尋は注意する。

「湯船にお湯を張ってあるんだから、ちゃんと浸かりなよ。シャワーだけだと疲れが取れないから」

「分かった分かった」

ネクタイを外しながら帝人は答え、着替えるために寝室へと入っていった。

八尋は冷蔵庫の中身をチェックして必要なものを取り出し、料理に取りかかる。

お茶漬けといっても八尋のは鰹《かつお》節や昆布で取ったダシ汁をかけるので、それなりの時間がかかるのだ。梅干しや鮭《さけ》など、そのとき家にある食材を適当に載せれば飽きの来ない一品である。

これに漬け物を添えるのが、アメリカにいたときによく父親に作っていた夜食だ。やはり仕事の付き合いで外食の多かった父は、帰宅するとこれを食べたがったものである。

今回は新鮮なカブがあったので、浅漬けにしてみた。しかも、味噌と砂糖で漬けてみたのである。インターネットでレシピを見て初めて漬けたのだが、夕食のときに食べてみるとなかなかのできだった。

言われたとおり湯船に浸かってくるだろう帝人のことを考えて、今回は冷たいダシ汁で作ることにする。少し塩味を弱くして、鍋ごと氷水に浸けて冷やした。

ご飯をよそって梅干しを載せ、あとはダシ汁をかけるだけの状態にしておく。

やがて帝人が風呂から出てくると、バスローブ姿のまま濡れた髪でダイニングテーブルへと着いた。

「髪、乾かさないの?」

「放っておけば乾くさ」

帝人の丈夫さは一緒に暮らした一年で分かっているので、風邪をひくという注意はしない。

八尋は肩を竦めて用意しておいたご飯にダシ汁をかけ、帝人に出した。

「はい、どうぞ」

「サンキュー」

帝人は箸を取り、嬉しそうに食べ始める。

「おっ、旨い」

「もう遅い時間だから、お代わりはなし」

「分かった。……それにしても、冷たい茶漬けか…今まで食ったことないな」

「そりゃあ、夕食にこんなの食べても物足りないし。夜はやっぱり、しっかりおかずにがっつりご飯じゃないと。それに朝や昼もね…ボクたちくらいの年じゃ、お腹空くって。二日酔いのオヤジじゃないんだから、食べた気しないだろ？」

「それもそうか。確かに、夜食向けだな」

「そういうこと。アメリカにいたときはよくお父さんに作ったよ。しょっちゅうリクエストされたから。でもうちの場合、お茶漬けって言ってるけど、お茶じゃなくダシなんだよね。だから、ダシ漬け？　でも、それじゃなんだか変だから、やっぱりお茶漬けっていうほうがしっくりくるかな」

八尋はお坊ちゃまである帝人が知らない食べ物をいくつも作っては、食べさせている。

今までで一番受けたのは、サンドイッチを作る際に残ったパンの耳を油で揚げて砂糖をまぶしたお菓子である。素朴で旨いと喜んで食べていた。それを食べたさに、サンドイッチをリクエストされたこともある。

八尋のおかげですっかり庶民の味にも慣らされた帝人は、浅漬けにしたカブの茎の部分もしっかり味わっている。

「浅漬けが旨い……」

「毎日ビジネスで豪華な食事ばかりしてると、こういう素朴な食べ物が恋しくなるのかな？　外食は飽きるからね」

「……飽きた。猛烈に飽きてきた。なんでだろうな。中学のときから全寮制で、慣れてると思ってたんだけどな」

「ああ、でも、ここ一年はほとんどボクの料理を食べてたから、少し味覚が変わったかもよ。それに家で作る料理は、自分の好みに合わせて味付けをするしね」

「もう少しなんだよなー。あと少しがんばれば、楽になれるはずなんだ。多少遅くなっても、夕食くらい家で食わないとストレスが溜まる一方でまいる」

「それは、秘書の長嶺さんも一緒だろ」

「あいつは一人暮らしだし、どうせ毎日外で食ってるから平気だと言ってたぞ。それに俺がハゲやデブを相手にしている間に、自分の食いたいものを食ってるしな」

「要領いいんだ」

「会食は大抵、二時間以上はかかるからな。あいつはその間に適当に息抜きをして、クイックマッサージまで受けてるとか言ってたぞ」

「長嶺さん、すごい……」

帝人が大学と両立させなければいけないぶん、長嶺に負担が伸しかかっていると思っていたのだが、抜けるところではしっかり抜いているらしい。

「帝人か長嶺さん…どっちか倒れるかも…と思ってたけど、長嶺さんは大丈夫そうだね」

「俺も心配ないぞ。長嶺と違って若いからな」

長嶺は二十九歳。確かにまだ大学生になったばかりの帝人や八尋からすると、充分におじさんと呼べる年齢である。

「三十歳を超えるとガックリ体力も落ちるっていうし、その前に経営を軌道に乗せないとね」

「任せろ。そんなには、かからないさ」

長嶺が聞けば、まだおじさん扱いをされる年じゃないと憤慨しそうな話をしながら、帝人は完食する。

「あー、落ち着いた」

いつものことながら飯粒一つ残っていないので、洗うのもとても簡単だ。これだけ綺麗に食べてもらえると、作るほうも嬉しい。

八尋が洗い物を食器洗浄器にセットすると、帝人は八尋の手を取って寝室へと誘う。そしてバスローブを脱いで椅子の背にかけ、全裸の状態で長々とベッドに横になった。

「ほら、来い」

少しくらいは隠すべきなんじゃないかと思いながら、八尋は帝人の腕の中にスルリと潜り込んだ。

「パジャマなんて脱いでベッドに入れって言ってるだろう」

「……帝人と違って、羞恥心《しゅうちしん》があるから」

「まぁ、シルク越しの触り心地もいいけどな。脱がせる楽しみもあるし。今度、ベビードール買うか？」

「ベビードール？」

聞いたことのない単語に八尋が首を傾げると、帝人はいかにも楽しそうにニヤニヤと笑いながら説明をする。

「男心をくすぐる寝巻きだ。火事になっても、外に飛び出せないような」

「……いらない。心の底から欲しくない」

「遠慮するな。お前なら絶対に似合うぞ。やっぱり、清楚《せいそ》な白…それに小悪魔風な黒。燃えるような赤もいいな。肌が白いから、原色が映えるぞ。ああ、くそ。さすがに会社のパソコンで注文するわけにはいかないよな。とっとと仕事を終わらせて、ネットサーフィンをするか……」

「………」

今初めて八尋は、帝人が仕事で身動きの取れない状態でよかったと思った。そうでなければ、明日にでもそのベビードールとやらを注文されていたに違いない。

それにしてもろくに眠る時間も取れないような状態の中で、よくそんなことを考えられるものだと感心してしまう。

「元気だなぁ。疲れているはずなのに……」

「若いからな。それに、疲れているのとお前を抱くのは別の話だ。一緒にいるだけで満足っていうには程遠い年齢だぞ」

「確かに。この年で枯れるのは悲しいかも……。ああ、でも、少しは枯れてくれたほうがボクの体力的には楽なような……」

「情けないことをぬかすな」

「受け身のほうが体力を使うんだ」

「ご奉仕してるのは俺だぞ」

「それでもっ」

いつも息も絶え絶えなのは八尋のほうだし、八尋の体力が尽きたところで行為が終わる。何度か帝人が満足するまで付き合ったことがあるが、途中から記憶が飛んでいるし、翌日は身動きするのも大変だった。

「帝人も疲れてるし、もう夜遅いから軽くね」

「ああ。軽くな」

八尋と帝人の「軽く」は違うのだが、二人ともに同意した。

八尋はちょっと不安だな～と思いながら帝人の頬を両手で包み、チュッとキスをする。そして口を開いて挑発してきた舌に応え、濃厚な口付けを交わしながら帝人がパジャマを脱がせやすいよう身を浮かすのだった。

★
★
★

帝人は毎日、恐ろしく多忙だ。

まだ一年生だから講義数は多いし、終われば会社に直行で夜中まで帰ってこない。何もせずに部屋に帰って、読書やＤＶＤ鑑賞をし、ときには昼寝までしている八尋が申し訳なく感じるほどの忙しさだった。

若くて体力があるからもつのだろうが、それにしても大丈夫なのかと心配になる。

この日は十二時過ぎてようやく玄関のほうから音が聞こえ、八尋はいつもどおり帰宅した帝人をパジャマ姿で出迎えた。

「お帰り～。何か食べる？」

「今日は遅いから、やめておくわ」

「じゃあ、早いところお風呂に入って、寝たほうがいいね。……ああ、そうだ。明日、基樹のところに行ってくるから」

「……なんでだ？」

いつものことだが、帝人は基樹の名前を出すと途端に不機嫌になる。基樹は母方の従兄弟《いとこ》で幼い頃から可愛がってもらったこともあり、八尋が両親以外に唯一懐いている相手だ。もっとも帝人は、だからこそ基樹が、気に食わないらしい。

八尋も基樹も互いを恋愛感情のこもった目で見つめることはないし、帝人もいちおうはそれを承知しているが、それでも八尋が他の男に懐いているのを見るのは我慢ならないと言う。

基本的に帝人はおおらかで寛容な性格なのだが、こと八尋に関しては狭量になるらしい。

しかも、嫉妬したときの帝人の責めはかなりしつこい。翌日も講義があるといった斟酌《しんしゃく》をいっさいしてくれず、八尋が音を上げ、それこそ気絶するまで責め立てるのである。

だから八尋もあまり帝人を刺激したくないのだが、基樹とは会いたい。年上の従兄弟である基樹は、八尋のことをおかしな目つきで見ない数少ない男性である。

男性向けのフェロモンが出ていると言われる八尋は、親戚にさえ色を含んだ目で見られることが多い。それだけに兄のように可愛がってくれる基樹の存在はありがたく、八尋もとても懐いていた。

基樹は仕事の関係でアメリカに住んでいるため、八尋がアメリカにいた三年間はよく一緒に遊んでもらったものだ。高校からは日本に帰国してしまったのでなかなか会えなくなってしまったものの、この四月からは基樹も日本に転勤となった。

お互いにバタバタしていてなかなか機会を設けられなかったが、基樹のほうもようやく落ち着いたので久しぶりに会おうということになったのである。

どうせ帝人はいつものように夜遅くまで仕事だろうから、本当は内緒で会いたいところなのだが、下手に隠すとバレたときが怖い。言っておけばよかったと激しく後悔するのはすでに経験して懲りていた。

「従兄弟だし、お互いの近況を報告し合いたいから。顔を見てね」

「……あいつのマンションはダメだ。会うなら、外で会え」

「どうして？　外じゃ、落ち着かないの知ってるくせに」

「密室はよくない。何かの拍子にやつがムラムラしたらどうするんだ。腕力じゃ敵わないんだぞ」

「基樹は大丈夫だって言ってるのに……」

思わず溜め息を漏らす八尋に、帝人はきっぱりと言う。

「お前は大丈夫だって言うがな、俺は万に一つの可能性も排除したいんだよ。それに、お前のことは信用しているが、やつは別だからな」

「帝人……」

信用していると言われ、つい八尋の頬が緩む。

帝人がこんなふうに独占欲を見せるのは自分に対してだけだと知っているので、外で会えと言われて困ったな…と思いながらも嬉しかったのである。

「とにかく、やつと二人きりになる密室では会うな。分かったな？」

「はいはい、分かりました」

どうしても基樹のマンションに行きたいわけではない。ただ、外だと人の目が気になって落ち着かないだけだ。基樹とはしばらく会っていないからいろいろ話したいことが溜まっているが、それはべつに外でもできる。

帝人なりに譲歩しているのを理解している八尋なので、今回はおとなしく言うことを聞くことにした。

翌日、八尋は基樹にメールをして、会う場所を基樹のマンションから近くのカフェへと変更してもらった。

すぐに図星を突くからかいの返信が来て、速攻で削除した八尋である。

八尋は大学からいったん帰宅をして、本の続きを読んで約束の時間まで暇をつぶす。そして早めにマンションを出ると、待ち合わせのカフェに向かった。

まだ約束までには十分以上あったのに、基樹はもうすでに来ていてコーヒーを飲んでいた。

「基樹、久しぶり」

「おー、久しぶり。大きく…なってはないか。相変わらず細っこいな。また色気が増したじゃないか。彼氏に可愛がってもらってるようで、よかったよかった。ああ、違った。彼氏じゃなく、婚約者様だったな」

からかう気満々の表情でそんなことを言われて、八尋は顔を赤くする。

「基樹っ！」

帝人とはそもそもが双方の両親によってセッティングされた見合いから始まって、婚約者として同棲まで許されている仲ではあるが、やはりからかわれると恥ずかしい。

特に、赤ん坊の頃から知られているお兄さん的存在の基樹にからかわれると、身の置き所がない感じだった。

「照れなくてもいいだろう。上手くいってるんだから、いいじゃないか。お前たち、高校の寮でも同棲状態だったそうだし、そういった意味では安心だな。一緒に暮らし始めると、いろいろアラが見えて別れたくなったりするから」

「そうだけど…大学は高校とは全然違うよ。とにかく学生の数が多いし、自由すぎて面倒くさい感じ。サークルの勧誘とか、女の子とか…ものすごくうるさいんだよね」

「あー…まぁ、しばらくの間はしょうがないな。でも、入学してから結構経つのに、まだ騒しいのか？」

「うーん…いろいろあって。ようやく落ち着いたと思っても、ちょっとしたきっかけでまた騒がしくなったりするんだよね。平穏に、波風立てずに暮らしたいのに、本当にうんざりする」

「大学が、一番気楽で楽しいはずなのにな。八尋はサークルに入る気はないのか？」

「ないよ。最初は少し興味あったけど、どこも危ない感じがしたからやめた。アメリカにいたときや、あの高校ほどじゃないけど、わりとギラギラした感じの人がいるんだよね……」

「ああ、厄介な男殺しフェロモンか。俺には八尋のことは弟にしか見えないが、他のやつにはそうじゃないらしいな。俺の友達も八尋に会ってドキドキしたって言うし。ノーマルなやつだったんだけどなぁ」

首を捻りながらの基樹の言葉に、八尋はふうっと溜め息を漏らす。

「その、わけの分からないフェロモンとやらを消す薬が欲しい……」

「確かに、男にばかり好かれてもな。八尋の黒目がちの潤んだ目と、左目の下の泣きボクロにやられるらしいぞ。目を見ると、クラクラ〜とするんだと。実際、前髪で目を隠していたときは、わりと平穏だったんだろう?」

「そうだよ。アメリカにいたときはうっかり素顔を晒して失敗したこともあるけど、あの高校での最初の一年七カ月はすごく平穏だったんだ。無視された状態だったとはいえ、誰にも絡まれたり襲われたりすることなく暮らせたんだから。今振り返ってみると、今までの人生で一番何もなく平穏な日々だったんだよね」

「じゃあ、また前髪を伸ばしたらどうだ? 伸びるまで、カツラを被るとか。すでに大学で顔を知られているとはいえ、じかにその顔を見せ続けるより影響は少ないと思うんだけどな」

思わず頷きたくなる提案だが、八尋はハーッと溜め息を漏らして首を横に振った。

「……帝人がダメだって言う」

「そうなのか？」

「ボクが誘っているわけじゃないし、何も悪くないんだから、堂々と顔を晒して生きろって。帝人に言わせると、顔を隠すのは後ろ向きなんだってさ」

「前向きじゃないことは確かだが…噂どおり、攻撃的な男だな」

「噂？」

「ああ。鷹司の長男は堅実な穏健派、次男はリスクを恐れない鷹派ってな。まだそれほど業務に携わっているわけじゃないが、今までかかわってきたいくつかのプロジェクトは大きな成果を挙げたらしい」

「へぇ…そうなんだ……」

帝人が褒められて嬉しい反面、なんとも複雑な気持ちになる。

基樹の口調から、帝人がただ単に鷹司家の御曹司というだけではなく、鷹司帝人個人として認められつつあるのが分かる。

帝人が一人であまりにも先に進みすぎているから、八尋は焦ってしまう。大学生活は四年あり、八尋は入学したばかりの新入生だから社会に出るまでにまだまだ時間があるのに、すぐ隣にすでに道を決めた帝人がいるから自分が情けなく感じるのだ。

自分が進むべき道も、進みたい道も見つからない。

普通に考えれば八尋も長男として父の会社を継ぐべきなのだろうが、自分がIT業界に向いているとは思えなかった。

IT関連業界は移り変わりが早く、常にアンテナを張っていないといけない。守るよりも攻める経営が生き残る傾向にあり、一瞬たりとも気が抜けない業界だ。どちらかというと守るほうが得意な八尋には苦しいものがある。

それに父と違って八尋はどちらかというと文系寄りで、理系が苦手なわけではないが、面白いとは思わなかった。

興味がないからパソコンについてもあまり詳しくないし、サイトやネットビジネスについてもよくは知らない。父の仕事がどういうものか一通りは知っているが、興味を持っていろいろ調べるには至っていなかった。

どう考えても八尋に父の会社や業界は向いていないうえ、何より厄介なのはこの顔、そしてこの目である。不思議なくらい男性を惹きつけ、女性に疎まれる八尋の容姿は、いろいろと面倒を引き起こす。

使いようによってはこれ以上ないほど強力な武器になるのかもしれないが、八尋にそのつもりはなかった。

社会人になれば今まで以上に誘いも多くなるだろうし、立場的に断りにくい力関係もあるに違いない。

父が、姉や妹はよくパーティーに連れていったのに八尋には留守番をさせていたのは、断りきれないような権力を持った不埒《ふらち》な輩に目をつけられないようにとの配慮からだった。

会社を継がなくてもいいと言ったのも、おそらくは八尋のそういった性質を考えてのことなのだろうと思う。

八尋はこの男受けする顔を晒しているかぎり、社会人としてやっていくのはなかなか難しそうだった。大学生でありながら社長業を営む帝人とはわけが違うのである。

高校のときも帝人は父親の仕事の一部を任されていたが、それはあくまでも手伝いの範疇だった。高校が山の中の不便な場所にあったこともあり、大したことはできなかったのである。

だから八尋もおかしな焦りを感じずにいられたのだが、今は――。

今の帝人にとっての比重のほとんどは新しく任された会社にある。義務の一つとして大学で経済学を学んでいるが、それが帝人にとって必要ないのは明白だ。帝人はもう、現場に身を置いているのである。

帝人がいない一人の時間は、思い出したようにそんなことを考えてしまう。

「――」

暗い表情で自分の考えに沈む八尋を、基樹が我に返らせる。

「おいおい、八尋。帰ってこーい」

「え？　ああ、ごめん……。つい考え事しちゃって」

「いいんだけどな。暗～い顔してたから。八尋は真面目だから、たまに思い詰めるときがあるだろう？　もうちょっと気楽に構えろよ」

「うん…努力はする」

「そういうところが真面目なんだって。ほら、笑って。暗い顔してると、福が逃げるぞ」

「うーっ」

八尋は唸りながらも、ニッコリと笑ってみせる。

「よし、それでいい。腹が減ってるから、元気が出ないんだ。メシでも食いに行くとするか」

「うん」

二人は立ち上がって、カフェをあとにした。


その日もまた、帝人の帰宅時間は遅かった。夜の十一時過ぎである。

「お帰り～」

「ただいま。八尋、お茶漬けが食いたい」

「分かった。すぐできるから、着替えてくれば？」

「ああ」

今日はそんなに遅くならないとメールがあったから、リクエストされるかもしれないと思って先ほど用意しておいたのである。もし食べなければ、翌日の朝食にすればいい話だ。

八尋はグリルで鮭のカマを焼き、ダシ汁を温める。

鮭が焼きあがる前に席に着いた帝人に、摘み代わりにキュウリとナスの糠《ぬか》漬けを出して先に食べさせた。

そして焼きあがった鮭の身を解《ほぐ》してご飯の上に載せ、ダシ汁をかけたお茶漬けを出す。

「お？　鮭茶漬けか？」

「そう。美味しそうなカマがあったから、買ってきた。明日の朝ご飯にしようかと思ってたんだけど、お茶漬けに合うかと思って」

「旨い。脂が乗ってるな」

相変わらず美味しそうに食べる帝人に、八尋も満足を覚える。やはり料理は、誰かに食べてもらうと作りがいがあって楽しい。

「今日、あいつと会ったんだろう？　どうだった？」

「んー…普通。久しぶりだから、結構喋ったけどね。カフェで待ち合わせて、洋食屋さんで夕食を食べて…三時間くらい一緒にいたかな？」

「洋食か…それもいいな。八尋、今度の週末は何がなんでも早めに帰ってくるから、グラタンを作ってくれ。あと、揚げたてのコロッケ」

「いいけど…ちゃんと帰ってこられるわけ？」

「ああ。八時…はきついか。九時には絶対に帰る。週末にまで午前様はごめんだ。日曜は、鯖《さば》味噌とナマコの酢の物な。あと、豚汁」

「はいはい」

リクエストがやけに庶民的で、本気で外食に飽きているのだと分かる。

「糠漬けが旨い……」

キュウリをポリポリと齧りながら、シミジミと呟くのが悲しい。

フランス料理や懐石など、一流といわれる店で毎晩食事をしているだろうに、喜ぶのはキュウリの糠漬けなのである。

「まぁ、週末くらい早めに帰って体を休めないと、本当に倒れるかもしれないし。ボクも張り切って食事を作るよ」

「本気で期待してる」

「分かった」

帝人の妙に真剣な表情に、八尋はクスクス笑いながら頷いた。

★
★
★

いつものように大学に行くと、やけにザワついているのに気がつく。それに、意味もなく正門のところに人が集まっていた。

なんだろうかと首を傾げる八尋に、新聞部の号外が手渡される。八尋たちの反応を窺《うかが》うような、興味津々の視線付きでだ。

八尋ならずとも嫌な予感のする目つきで、どんな記事が載っているのか、見るのにちょっとばかり勇気が必要だった。

「………」

号外の二号目は、帝人と重森美沙《しげもりみさ》というミス・キャンパスの密会が特集されていた。いかにも親密そうに、二人で顔をつき合わせて話をしている写真が載っている。

八尋にとっては寝耳に水のことで、眉間に皺を寄せながら隣の帝人を睨みつける。

「何、これ。帝人…どういうことだよ」

「べつに、密会なんていうほどのもんじゃない。彼女は小さい頃からの顔見知りだ。両親同士が知り合いで、それなりの親交があったからな」

「仲良かったわけ?」

「まぁ、それなりに。親交があったとはいっても、それほど親しく付き合っていたわけじゃないし。あそこの親はかなりの俗物だから、今ひとつ性格が合わないらしいんだよな」

「ふーん…じゃあ、どうしてこんな写真を撮られるわけ？　仕事で忙しくて、帰ってくるのは遅いくせに、彼女と会う時間は取れるんだ」

不審いっぱいに帝人を見ると、帝人は八尋の肩に手を回して自分のすぐ側に引き寄せる。そして、小さな声でこっそりと八尋の耳元で囁《ささや》いた。

「実は、彼女の父親の傘下の会社との提携話が進んでいる。美沙も父親の仕事を手伝っていて、俺たちがいろいろな条件を話し合っているんだよ。事前に漏れると株価に影響が出るから、極秘でな」

「そうなんだ…じゃあ、純粋に仕事で会ってたわけ？」

「当たり前だろうが」

「やましいことは何もない？」

「ない」

「本当に？」

「しつこいぞ。俺がこんなことでウソをつくと思うのか？」

「……なるほど」

説得力のある言葉に、八尋は思わず頷く。

鷹司帝人氏
密会発覚!!!
スクープ

良くも悪くも帝人は俺様な性格だ。浮気がバレてもコソコソしたりせず、堂々と認める性格の持ち主だった。

「確かに、こんなことじゃウソつかないか……」

「そういうことだ。だから、おかしな心配はしなくていい」

「分かった」

「第一、これには写っていないが、長嶺も一緒だぞ。ネタにするために、上手いこと二人きりに見えるよう撮ってるんだろう」

「新聞部め……」

憎々しげに号外を睨みつける八尋に対し、帝人はあっさりとしたものだ。

「目玉の新入生二人とミス・キャンパスの三角関係なんて、この上もなく面白いネタだからな。どうやら俺たちはマークされたらしい」

「……すごく嫌だ」

落ち着いてくるたびに号外を出されては、いつまで経っても平穏な大学生活が送れない。何よりも、新聞ネタとしてつけ回されるとこを考えると、背筋がゾッとした。

「本当に、勘弁してほしい……」

「べつに探られて困るようなことはしていないが…鬱陶しいのは確かだな。こうして、憶測で勝手に記事にするし」

「こういうときこそ鷹司の名前を出すべきじゃないの？　権力使いなよ、権力」

「配られたあとじゃ意味がない。回収したって効果はたかが知れてるぞ。もうみんな、しっかり目を通したあとだ」

「うーっ」

女の子たちの果敢なアタックが面倒だから、二人は講義の開始時間ギリギリに来ている。だから帝人の言ったとおり、すでにかなりの人数が号外を受け取り、読んでしまったはずだ。

「俺も忙しいから、目くじらを立ててる暇はないんだよな。まぁ、マークはしておくさ」

「……よろしく。ボク、目指せ平穏、平凡な大学生活だから」

もはや半分諦めかけているが、いつまでもこんな状態が続いてはたまらない。帝人が記事になれば玉の輿を宣伝するようなもので、また声かけ合戦が熾烈《しれつ》になるに決まっていた。

いくら最初の号外で帝人と八尋が恋人同士だと知られていても、八尋は男だから自分にもチャンスがあると思うらしい。

写真の中の帝人と重森美沙が美男美女でいかにもお似合いに見えるのが、また八尋の苛立ちに拍車をかける。

八尋はグシャッと手の中で号外を握りつぶすと、ゴミ箱の中に放り込んだ。

帝人の説明で納得した八尋だが、号外が出てからも帝人と美沙が二人で会っているところは何度か目撃され、二人が付き合っているという噂が流れ始める。

帝人に直接聞くような度胸のある人間はいないが、美沙に聞いても困ったように笑うばかりで否定をしないということで、帝人が八尋を捨てて美沙と付き合い始めたという噂がどんどん広がっていった。

八尋と帝人は入学の頃から変わらず一緒に大学に来ているし、講義の間も隣り合って座っている。昼食も二人で摂っているし、それこそ大学にいる間はずっと一緒にいるのだが、なぜか別れたという噂は消えなかった。

その影響で、声をかけてくる男たちが格段に増えたのが八尋の悩みのタネだ。

帝人と美沙が会っていた理由を言えば噂は消えるのだろうが、会社の提携話が極秘である以上、下手なことは言えない。

今も、講義を終えて駅近くの大型書店で何か面白い本はないかと見て回っていたところ、いかにも軽そうな男にまとわりつかれた。

「中神が読書好きって本当だったんだなー。俺、水内和也《みずうちかずや》。中神とは講義も結構重なってるんだけど、覚えてない？」

「まったく記憶にない」

「そっかー、残念。ま、いつも鷹司とベッタリだから、声かける隙もないしな。なぁ、もう帰るだけだろ。暇ならこれから遊びに行かない？」

「忙しいので」

「またまた。鷹司はとっくに帰ったし、暇だろ？　俺、前から中神と話してみたいと思ってたんだよな」

「……」

こういった感じで声をかけてくる男たちは、大抵がそこそこの容姿の持ち主である。そして自分に大変自信があるのか、八尋が断ってもなかなか聞き入れようとしない。

有名大学に入っていることもあり、合コンをすれば確実に女の子を持ち帰れるだろう人気のあるタイプだ。

「中神って、メッチャ綺麗じゃん？　俺、男に見とれたのなんて初めてだったんだよなー。色っぽくて、マジやべぇって思った」

水内は八尋に話しかけながら器用に携帯電話を操り、楽しそうな声を上げる。

「お？　鷹司、今、広尾《ひろお》で例の重森美沙と会ってるってよ。目撃談が回ってきた。いいよなー、ミス・キャンパスに新入生のピカ一美人の両手に花か。でも中神、それでいいのか？　鷹司ばっかり楽しい思いするなんてずるいじゃん」

「だから？」

「だから、俺と遊ぼうよ。絶対、退屈させないからさ」

「遊ばない」

「なんで？　俺ってこう見えて結構いいやつだよ。ダチには面白いって言われるし。一緒にいれば分かるって」

「興味ないから」

「鷹司に気ぃ使ってんの？　テイソー守るタイプ？　いいな～、それ。美人で色気あって、そのうえ貞淑《ていしゅく》なんて最高じゃん」

「……………」

仮にも一流といわれる大学の学生なのだから頭は悪くないはずなのに、どうしてこうバカっぽいのだろうかと溜め息が漏れる。

「とにかく、あなたと話をする気はないので。ついてこないでください」

「えー？　つれないなぁ。あ、もしかしてツンデレってやつ？　似合うっ。ものすごく似合うぞ！」

「……………」

こういう反応を、八尋は知っている。あの全寮制の高校で、帝人にワンコ系M男と言われていた下級生たちがこんな感じだった。

邪険にされるのすら嬉しいという手合いだから、追い払うのはとても大変だ。

いい加減イラついてきて、八尋は目を吊り上げる。

「ついてくるな！」

ビシッと言って、男が呑まれている間にその場をあとにした。

「――――」

書店内を速足で歩きながら、八尋の心は激しく動揺している。あまり人の来ない階段の踊り場で立ち止まって、フウッと大きく息を吐き出す。

どうにも気持ちがささくれ立って仕方なかった。帝人の言葉を疑っているわけではないが、やはり美沙と会っていると聞けば平穏ではいられないのだ。

落ち着かなくてはと思い、意識して何度も深呼吸を繰り返す。

帝人が俺様な言動とは違って恋人を大切にするのは、八尋もよく知っている。あのホモだらけの高校で、何人もの可愛い系に迫られながら付き合い始めてからはいっさい手を出さなかったのである。

それまでの帝人は据え膳はしっかり食べていたし、誘われるまま相手もとっかえひっかえでかなりひどい行状だった。それだけに八尋も最初は疑っていたのだが、帝人は見事にその疑いを信頼へと変えた。

だから今も、八尋は信じようとしている。

けれど…今回は相手が女性であるということが八尋の心に影を落とすのだ。あの山の中の高校で、いくら可愛いといっても男に迫られるのと、解放された街の中で女性に迫られるのではわけが違う。

もともとノーマルな性癖の帝人が、狭く閉ざされた空間を抜け出して心移りしてしまうのではないかとずっと不安だった。

そんなふうに考えること自体が、帝人を信頼していない証拠だと怒られそうだが、今の八尋は自分に自信がないだけに不安でたまらなかった。

「はー…ダメだな。帝人を信じてるって言いながら、ちょっと何か言われるとすぐにぐらつくなんて。しっかりしろっ」

パンパンと軽く頬を叩いて、気を取り直す。

「よし、おしまい。帝人が美沙さんと会ってるのは、仕事だから。もう気にしない、っと」

うだうだと考え込んでも仕方ない。

今の八尋にできることは、帝人を信じて平常心でいることだ。疑ったりせず、今までどおりにするのが一番のはずだった。

八尋はそう決めて階段を上り、先ほどとは違うフロアーに移る。雑誌が主体だった下の階とは違って、こちらはハードカバーや文庫などの小説が集まったフロアーだ。

お気に入りの作家の新作が出ているはずだと思い探す。そして新刊の棚に好きな作家の名前を見つけると嬉々としてレジに持っていった。

単純にも鬱々とした気分は晴れ、八尋は家まで待てずに近くのカフェに入る。

値段のわりにコーヒーの味もまずくはない。もっとも、帝人のために鷹司家が用意したコーヒー豆と比べると、かなりの差があるのは確かだ。ローストしたての豆が週に一度配達されてきて、これが味といい香りといい素晴らしいのである。

おかげで外でコーヒーを飲むと、一口目は思わず顔をしかめそうになる。

もっとも、カフェに入るときはコーヒーが飲みたいわけではなく、待ち合わせや時間つぶしの意味が強い。だからそれほど味にこだわることもないし、本を読みながらだと旨いまずいは関係なくなったりもする。

「……………」

夢中になって本を読んでいた八尋だが、フッと手元が暗くなったことで、目の前に誰かが立っているのに気がつく。

読書の邪魔をされて不機嫌に顔を上げてみれば、そこにいるのは若狭だった。

「久しぶり。こんなところでお茶?」

「帝人ならいないよ」

「見れば分かるよ、そんなこと。第一、帝人様がこんなところでコーヒーなんか飲むわけないし」

「いや、普通に飲むから。帝人だってカフェくらい入るって」

「こんなところに帝人様が？」

「いやいや、普通に綺麗なカフェだから。こんなところって連呼されるような場所じゃないって。コーヒーもそこそこ美味しいし」

「美味しい？　こんな普通のコーヒーが？」

大学の側には多くのカフェがあって、それぞれ味も内装も趣向を凝らしている。ここは大きな書店の近くにあって、八尋がよく寄るカフェだ。帝人も講義と講義の空き時間などに付き合って、一緒にコーヒーを飲んだりもしている。美味しいとは思っていないようだが、特にまずいと言うこともなくおとなしく飲んでいた。

若狭たち帝人のファンクラブの面々は、帝人に夢を見すぎだと八尋は思っている。いったいどんな生活を送っていると思っているのか疑問なところだ。

「あのさー、あれで帝人はわりと普通だから。いや、普通っていうのは全然当てはまらないけど、とりあえず若狭たちが考えているほど浮世離れはしてないと思う。食べるものも飲むものも、そんなに文句言わないし。さすがに学食はまずいって言ってたけど」

「学食!?　あんなところに帝人様を連れていくなんて！」

「あんなところって…学食くらい、普通は行くだろ」

「帝人様には似合わない」

「まぁね。それはボクも認める。実際、大学の学食って美味しくないし。文句ばっかり言ってるよ」

だから最近は、八尋が弁当を作って一緒に食べている。

最初は面倒くさかったものの、慣れるとこれがなかなか面白い。本やインターネットでバリエーションを増やし、お握りも具に工夫を凝らしたりして楽しんでいた。

何より帝人のぼやきがなくなって、精神衛生上とてもいい。隣で大きな溜め息をつかれ、しみじみと「まずい」と呟かれるのはなかなか堪《こた》えるのだ。

実際、八尋が弁当を作るようになってから、帝人の不満はピタリとなくなった。

朝と昼の二回を八尋の手料理が食べられるということで、夕食が外食ばかりでも平気になったらしい。

「今日の号外、見た?」

「……いちおう。朝、門を潜るなり渡されたし」

「じゃあ、ちゃんとクレームつけただろうね」

「まさか。そんなことをしたら、新聞部が新しいネタだって喜ぶに決まってるし。ボクは何もする気ないから」

「なんでだよ。黙ってたら、噂がどんどん増長するに決まってるじゃないか。苦情を言わないのは認めた証拠だなんてことになったら、どうするわけ? 何、弱気になってるんだか。毒舌で強気な中神らしくもない。あんな女との噂なんて、一蹴《いっしゅう》してやれば?」

「弱気も何も、噂なんてボクにはどうしようもないし。帝人が彼女とは何もないって言ってるんだから、いいんだよべつに」

「よくない！　帝人様があんな女とお似合いとか言われるの、ものすっごく腹が立つ。もちろん中神だって嫌だけど、ミス・キャンパスとか言われて図に乗ってる女よりマシな感じ。中神がちょっと愛想を振り撒《ま》けばあんな女なんかに負けないいんだから、もっとがんばれよ。認めたくないけど、鷹司家の当主夫妻が認めた帝人様の婚約者だろ」

「冗談。愛想なんて振り撒いたら、ますます面倒なことになるって。勘違いした男どもに付きまとわれるのはごめんだ」

「むーっ。自信過剰って言えないのが悔しい……」

ふくれっ面もなかなか可愛らしく見える顔立ちだ。いつも憎まれ口を叩くが素直で性格もいいし、帝人も気に入っている。

八尋と出会う前、なぜあの高校で若狭を選ばなかったのかと聞いたら、若狭に惚れることはなかったし、いい子だから遊びで手を出す気にはならなかったとのことだ。ちゃんと遊んでいいタイプとまずいタイプは区別していたらしい。

実際若狭は弄ばれるにはもったいない性質で、今だって八尋に文句を言いながらも心配してくれているのである。

「何？　ジッと顔見て」

「……若狭って、もしかしてわりといいやつ？」

「失礼な。ボクはもしかしなくても性格いいよ。キミと違って」

「帝人が絡むと、小うるさいサルだけど」

「サルって言うな！　ボクは、今まで一度だってそんなこと言われたことないんだから。ボクに向かってそんな失礼なこと言うの、中神くらいだ」

顔を真っ赤にして憤然とする若狭に、八尋は首を傾げる。

「そう？　そっくりだと思うけど。嫌いなはずのボクにわざわざ寄ってきてはキーキー言ってる、帝人大好きの、周りが見えてない単純バカくんって感じ？」

「本っ当に失礼だな、中神は。どうして帝人様がこんな毒舌で捻《ひね》くれものを好きなのか分からない。理解に苦しむよ」

「そんなのお互い様。ボクだって、あんな傲慢な俺様は嫌なんだから」

「信じられない！　ボクだけならまだしも、帝人様のことまで悪く言うなんて！　帝人様が傲慢なんて〜っ」

「俺様は否定しないんだ」

「うっ…俺様は、帝人様の魅力の一つっていうか—…ああいう、ゴーイングマイウエイなところも格好いいな〜なんて思ったりして」

「単純バカのマゾ集団」

「何を――っ!?」

「帝人に絶対服従で、ひどいことを言われても嬉しそうな顔して。睨まれてるのに『キャー』って、おかしいだろ。邪険に扱われても喜ぶって、どんだけマゾッ気あるんだ」

「みんな、幼等部や小等部の頃から帝人様をお慕いしてるんだから、仕方ないだろ。お前が来るまでは、運が良ければその腕に抱いてもらえたのに、今じゃさっぱりだ。むしろ、ファンクラブのみんなが中神に嫌がらせをするっていうんで、疎まれたりするし。たとえその目つきが怒っていても、睨まれても、自分を見てくれれば嬉しくなるんだよ」

「健気《けなげ》だとは思うけど、不毛だよね。第一、帝人が鷹司家の人間だからって、あわよくば…なんていう下心つきじゃ、帝人じゃなくてもうんざりするよ」

「そ、そんな！　下心なんてない!!」

「本当に？　そう言いきれる？　帝人のことを好きだっていう気持ちの中に、あの鷹司家の将来を担う一人に取り入りたいっていう要素はまったくない？」

「……………」

言葉に詰まるのは、やはり否定しきれない気持ちがあるからだろう。

なまじ上流社会で育つと早くから力関係は教え込まれるし、当然のことながら鷹司の名前を意識しないわけにはいかない。

「帝人様を意識し始めたときにはもう鷹司っていう名字がついていたから、まったくないかどうかは自分でも分からない部分がある。でもボクは、帝人様が鷹司家の人じゃなくても好きだよ。憧れなんだ」

「若狭は、サル軍団の中でも特に単純で純粋だからね」

八尋は褒めているつもりなのだが、若狭はそう受け止めなかったようである。目をキリキリと吊り上げて怒った。

「特に単純ってなんだよ。ボクは単純じゃなーいっ！」

「はいはい、分かった分かった。ここ、店だから。いいところのお坊ちゃまのくせに、そんな大声出さない」

「うっ…中神のバカッ！」

まるで子供のような捨て台詞を残し、若狭は走り去る。

八尋はそんな若狭の後ろ姿を、やっぱりからかいがいがあって可愛いなー…と見送るのだった。

若狭と話したおかげで気分転換できたが、それでもまだもやもやしている。

八尋は鞄の中から携帯電話を取り出すと、基樹宛てに今日夕食を一緒にしないかとメールを打った。

基樹は基本的に終業時刻までに仕事を終わらせる主義だという。

もちろんそれでは終わらず残業になることもシバシバらしいが、それでも早めの帰宅が多いことに変わりはない。八尋もそれを聞いているから、基樹が日本にいるのをいいことにたまに夕食をともにしていた。

帝人に二人きりで会うなと言われているため、外でである。基樹にはまだ日本で恋人を作っていないと聞いているので、そのぶん気楽でもあった。

メールの返事はすぐに来て、基樹の会社の近くにあるカフェを待ち合わせ場所に指定される。待ち合わせまで一時間半。

中途半端だし、読む本もあるので、八尋は部屋に戻らずにこのまま待ち合わせのカフェに移動することにした。

いつものことながら、基樹の退社時間は早い。七時に待ち合わせたのに、来たのは六時半である。

空腹だということで、すぐに基樹が最近気に入っているという郷土料理屋に場所を移して、適当に注文をすませる。

「あ、美味しい……。煮物はやっぱり、大鍋でたくさん作ったほうが美味しくできるんだ」

「この店、なんでも旨いぞ。外食オンリーの俺にはありがたい店だ。家庭料理に飢えてるからなー。あー、手料理食いてえ」

「んー…作りに行ってあげてもいいんだけど、ちょっと問題が……」

ゴニョゴニョと語尾を濁す八尋に、基樹はニヤリと笑う。

「ダンナだろ？　見かけによらず、やきもち焼きみたいだもんな。モテる奥さんをもらうと、ダンナはやきもきするもんだ」

「……そういうわけじゃ……」

「あるだろ。従兄弟にまで嫉妬するなんて、相当なもんだぞ。俺は、八尋にはまったくムラムラしないんだけどな」

「いちおう納得はしてるけど、安心はできないみたい」

「うーん…まぁ、仕方ないか。そこらへんは、時間をかけて安心させるしかないな。……それより八尋、前から気になってたんだけど、お前、日本で友達いないのか？　もう日本に戻ってから三年だろう」

その質問に、八尋は恨めしげな視線を向ける。

「……できると思う？　高校生活の前半は前髪とメガネで根暗少年。後半は鷹司帝人の恋人で恨みと欲望の的。大学でも早々に帝人とできてるっていう号外を出されたし……」

「やっぱり無理か。本当は、酒でも飲みながら友達に愚痴を零すのが一番いいんだけどな。オレは何があっても八尋の味方だが、友達じゃないだろう？　同じ年頃の友達に相談するのとは違うからな」

「……今まで一度もちゃんとした友達なんてできなかったし…ボクにはそういう人、できないのかなって思う……」

「なんでだろうな。八尋は気が強いが素直だし、優しいのにな。どういうわけか八尋と同年代の男たちは、八尋に欲望を感じるかライバル心を感じるかのどちらかに分かれるみたいだ。良くも悪くも好き嫌いがはっきりしてるな」

「ボクは何もしてないんだけど……。何か言われたら言い返すけど、自分から攻撃をしたことはないし、敵対視したことだってないのに」

それが八尋の悩みだ。

小さな頃から八尋は、上手く友達を作ることができなかった。

幼稚園でにこにこしながら男の子に話しかけると妙にベタベタして離れなくなったり、八尋を巡って喧嘩が起きたりと穏やかではない。おまけにリーダー格の女の子から睨まれることもしょっちゅうで、それは小学校でも、アメリカに渡ってさえ同じだったのである。

前髪とメガネで顔を隠すようになってからはトラブルが減ったが、その代わり無視されたり嘲笑されたりで友達を作るどころではなかった。

「友達、欲しくないのか？」

「欲しいよ。欲しいけど…ないものねだりはしないようにと思って。悲しくなるだけだから」

「八尋……」

「ああ、そういうところ、帝人とボクは似てるかも。理由は全然違うけど、帝人も対等な友達はいないし。二人とも、ちょっと特殊な環境で育ったからなぁ」

どちらがいいかは一概には言えないが、帝人もやはり寂しかったのではないかと思う。

だから、何かと突っかかる八尋に興味を引かれたのかもしれない。おそらく、帝人に逆らう同年代の人間はいなかっただろうから。

今では一緒に住むようになって、八尋の作る普通の家庭料理を喜んでいる。

「豚肉の煮物も美味しいんだ…今度作ってみよう」

鶏肉より脂の甘みが強いから、帝人は好きそうだ。

「……まぁ、上手くいってるんならいいんだけどな」

八尋の呟きを惚気《のろけ》と受け止めてか、基樹が苦笑しながら肩を竦めた。

★
★
★

帝人の帰宅が遅い日常は、八尋にとってひどくノロノロと過ぎていく。

高校では授業が終わったあと、かなりの時間を一緒に過ごしていたから、一人でいることに飽きてしまう。テレビを見るのも本を読むのも好きだが、ずっと一人でいると話し相手が欲しくなるのである。

何よりも、帝人が仕事で忙しい思いをしているときに、自分は暇を持て余しているというのがつらかった。

「八…尋…八尋……」

遠くから、帝人の声が聞こえる。

軽く体を揺さぶられて、八尋は目を覚ました。

「……ん？」

「こんなところで寝てると風邪ひくぞ」

「んぅ…あぁ、寝ちゃったんだ……」

夕食のあと、満腹なままソファーで横になってテレビを見ていて、途中から記憶がなくなっている。

チラリと時計を見てみれば、すでにもう深夜だった。

「もう一時か…遅かったね」

「お前こそ、朝早いんだからこんな時間まで起きてなくていいんだぞ。俺のことは気にしないで、先に寝てろ」

「平気。ボクは適当に昼寝とかしてるから。帝人と違って化け物みたいな体力はないから、無理はしないよ。今日はお腹いっぱいのままソファーでグダグダしてたから、つい寝ちゃっただけ。満腹だと、睡魔に襲われるんだよね」

「昼メシのあとの講義とかな」

「そうそう。めちゃくちゃ眠い。特に、つまらない教授の講義はね」

帝人も日頃の睡眠不足を取り戻すように、よく居眠りをしている。聞いていなくても試験でおかしな点数を取る心配はないから、八尋も起こさないでおいた。

「そうだ八尋、明後日の午後、フリーになったから」

その言葉に八尋は、目をパチパチさせる。

「え？　明後日、休み？　本当に？」

「ああ。ここのところ、週末も仕事が続いてたからな。ようやく一段落ついたことだし、休むことにした。どこか行きたいところあるか？」

「ええっと…突然言われても何も思いつかない。明後日は講義、午前だけだから、結構時間あるし」

「だろう？　遠出は無理だが、近場なら充分遊べる。その代わり明日は何時に帰れるか分からないけどな」

「毎日大変…無理してない？」

「最初のうちは無理をしないとな。細かなゴタゴタが片付いたら、もう少し楽になるから、それまでの我慢だ。ったく、無能な年寄り連中め」

「親族会社は、そういう点が大変だよね。親族っていうだけで幅を利かせて、いろいろ口出ししてくるっていうし」

「そうなんだよな。あいつら仕事はできないくせに、うるさく言いやがって。しかもセコく使い込みもしてるときた。通常業務の他にアホ連中の炙《あぶ》り出しもしなきゃいけないんだから、忙しいのも道理だろう？」

「使い込み？」

「プライベートの飲み食いやらゴルフやらを、接待として会社に払わせてたんだよ。経理の連中も、分かっていても強く言える立場じゃないしな。前の社長がそれを容認してたんだから、やつらに何か言えるはずがない。それだけじゃなく、怪しい金の出入りがいくつか見つかってるから、あちこち手を入れる必要があってな」

「……本当に、面倒くさそう。せっかくの休みなんだから、部屋で体を休めたほうがよくない？　面白そうな映画をいくつか録画してあるし、それを見ながらゴロゴロするとか」

昨日の帰宅は十二時で、今日は一時だ。週末も休日も関係なく毎日そんな感じなので、帝人の体が心配だった。

「いや、俺もストレスが溜まってるから、遊びらしい遊びをしたい心境なんだ。ようやく都会に戻ってきたことだし、文化的な遊びをな」

「帝人、大学と会社しか行ってないもんね。ああ、あと、毎晩の豪華会食」

「オヤジの顔を見ながらな。……今日はテカテカ頭の見事な出っ腹だった……」

「お、お気の毒様」

「そんなわけだから、どこに行くか考えておけよ」

「分かった。調べておく。……何か食べる？」

「いや、今日は時間が時間だからな。とっとと風呂入って寝るわ。さすがに眠くて敵わん」

珍しく、帝人の顔に疲れがにじんでいる。

本人も、そして帝人の秘書もそれを理解しているからこそ休むことにしたのだろうと分かる。いくら帝人が体力に自信があるとはいっても、慣れない大仕事と連日の深夜帰宅で心身ともに疲労困憊《こんぱい》していて当然だった。

帝人が浴室へと向かい、再び一人になったリビングで、八尋は嬉しさをこらえきれずに頬を緩める。

「明後日か……」

本当は無理やりにでも帝人をゆっくり休ませたほうがいいと分かっていながら、一緒に出かけられる喜びに心が浮き立っていた。

翌日は、講義が終わるのが待ち遠しくて仕方なかった。

帝人と別れて帰る足取りも、いつもよりずっと軽く速足になる。

八尋はこの日ばかりはどこにも寄り道せずにまっすぐ自宅に帰り、すぐにパソコンを開いて半日でも楽しめる遊び場所を探し始めた。

テーマパークに水族館、動物園…たった半日しか時間がなくても、選択できる場所はたくさんある。

八尋は自分でも無意識のうちに頬を緩めながら、一つ一つ見ていった。

どこにしようか考えるのも楽しい。帝人は今夜も遅くなるということなので、八尋は自分の夕食を適当にすませて、あれこれプランを練るのに熱中した。

基本的に真面目な八尋は、いくつかに候補を絞ってプリントアウトする。大体の所要時間や見所などもピックアップして、一緒にまとめておいた。

今は忙しくて無理でも、帝人がもう少し落ち着いたら他のところにも行けばいいから、興味を引かれた場所はすべてプリントアウトしておいた。

午後から夕食までの時間を考え、あれこれ検討して、ようやく準備万端になったところでゆっくり湯船に浸かる。

思わずニコニコしながら長湯して、出たときにはもう夜中だ。帝人は帰ってくるのが遅くなると言っていたが、どうにも興奮して眠れずにいた。

八尋はリビングのソファーに寝転がりながら、先ほどプリントアウトした資料を何度も読み返す。

玄関のほうから聞こえてきたカチャリという微かな音に反応して、慌てて立ち上がった。

「お帰り！」

嬉しさを隠しきれずにバタバタと駆け寄ってくる八尋の後ろに、ブンブンと勢いよく振られる尻尾が見えるようだ。

帝人は頬を緩めながら、ただいまと言った。

「明日、大丈夫？」

「ああ。予定は調整してある。久しぶりに遊べるぞ」

「よかった。……思ったんだけど、水族館とかよくない？　あんまりバタバタしたくないし、日本の水族館ってずいぶん長いこと行ってないんだよね」

「ああ、そういやお前、中学の三年間はアメリカにいたんだったか。水族館な…考えてみたら、俺も結構長いこと行ってないな」

「ああ、帝人、山奥にこもってたから」

中学から六年間も寮生活だ。休みだからといって小まめに歩き回る性格でもない。

「あそこじゃ気軽に出かけるっていうわけにもいかないし、休みの期間は親父の仕事の手伝いで忙しいしな」

「あの山の中にまで秘書が通ってきてたくらいだからね」

「電話とメールで大体の用件はすませられるが、極秘書類やサインが必要なものは来てもらうしかないんだよ」

着替える間も、八尋は興奮を隠しきれずにまとわりついている。

「どこに行くか決まったのか？」

「決めた。ほら、ここ」

八尋はプリントアウトしておいた資料を帝人に渡す。

「この水族館なら近いし、映画も観て帰れるし。あの山奥にいるときにはなかなかできなかった、文化的な遊びって感じ？」

「いいんじゃないか？　いかにもなデートコースだ。せっかくだから、レストランとホテルも取るか？」

「いいな！　ボク、イタリアンがいい。すごく美味しい手長海老《えび》のトマトソースと、あとチーズリゾットが食べたい。大きなチーズの塊に、直接お米を入れるやつ」

どちらも自分ではなかなか作ることのできないものである。

「じゃあ、そっちの手配は俺がしておく。会食でいくつか旨い店があったからな。調べさせる。秘書なら仕事柄、そういう情報にも詳しいはずだ」

「長嶺さん、いかにも優秀そうだしね。高校のほうによく来ていた長嶺さんのお兄さんだけあって、顔立ちがよく似てるよね」

「そうだ。弟も優秀だが、兄はもっとすごいぞ。おかげで急ピッチで社内改造できそうだ」

「社内改造って…ずいぶん大げさなことになってるんだ」

「同族会社は甘えとたかりの温床だからな。思った以上だったんで、派手にやることにした。半年で膿を出し切って、ついでに利益も上向きにする予定だ」

「はぁ…道理で忙しいわけだよ。おじさんは、そのあたりも分かって今の会社を帝人に任せたのかな？」

「もちろんだ。思うに、一番面倒くさそうなのを押しつけたんじゃないか？　上手くいけば良し、ダメなら切り捨てるつもりで。オヤジも、親族にたかられるのにはいい加減うんざりしてるからな。余計な斟酌はしなくていいから思うようにやれって言われたのは、そういうことだろ。会社の金にたかるアホどもを切るには、本家の名前が必要ってこともあるし。性格的には俺が適任だよな」

「うん、分かる。帝人なら、誰が相手でもバッサバッサ切り捨てそう。同情とか、しがらみとか無視しそうだよね」

「チャチな横領やら経費の使い込みをする相手に同情なんてするはずがない。いくら親族っていっても、会社を食い散らかしていいってわけじゃないしな」

「大変だね。……楽しそうでもあるけど」

「おお、楽しいぞ。ムカつく親族どもの、泣きっ面を見られるんだから。あいつら、俺のことを若造って侮ってるから、余計にな」

ニヤリと笑うその顔がいかにも悪そうで、八尋は思わず笑ってしまう。

「まぁ、ストレスの元凶でもあるんだから、思いっきりやればいいよ。どうせ自業自得なんだし。多少、痛い目をみないとね」

それに、その強欲でセコい親族たちのせいで帝人がまともな時間に帰宅できないのである。週末も返上で働いているから、八尋にまでストレスが溜まっている。

なので、思いっきり痛い目に遭ってしまえ…などと思っている八尋だった。

★
★
★

帝人と遊びに行くその日は、講義が終わるのがやけに遅く感じた。

いつもどおり九十分のはずなのに、二倍にも三倍にも感じられるほど時間が経つのが遅かった。

ようやくのことで午前の講義が終わり、二人は中庭の人けの少ない場所へと移動する。ベンチがあったから、そこで帝人のリクエストである和惣菜メインの弁当を広げた。

お握りにから揚げ、ダシ巻き卵。煮物やキンピラなどがぎっしりと詰まっている八尋手製の弁当である。出かけられるのが嬉しくて八尋が張り切った結果、いつもより品数たっぷりになった。

「おっ、キンピラ。久しぶりだな」

「切るの、面倒くさいんだよ。かといって、炒めるだけになってる真空パックのは風味が抜けて美味しくないし」

なまじ帝人の舌が驕《おご》っているので、家庭料理とはいえ手抜きをするとバレてしまう。ギョウザやコロッケを冷凍ものですませようとすると、必ずといっていいほど今日のは今ひとつと言われるのである。

あの高校で売っていたのは冷凍食品といってもそれなりの値段がしたのだが、それでも八尋が手作りしたものとは違うらしい。

おかげで八尋はスーパーに行っても食材以外のものを買うことが許されず、それを知った鷹司家から牛肉や高級魚などが届けられるようになり、八尋の料理の腕は着実に上がっていった。

それに弁当にしてからは、静かな場所で食べられるようになった。

晴れの日は中庭や屋上などなるべく人が少ない場所で、雨が降れば空き教室を探して食べている。

学食にいるときのようにうるさく話しかけられることもないし、わざわざ学外にまで足を伸ばす必要もない。ときには見つかって囲まれたりもするが、それでも学食で食べるよりはずっと快適だった。

「あー、旨かった。ご馳走様」

「はい、お粗末様でした。帝人は綺麗に食べてくれるから、洗うのが楽で助かる」

「旨いからな」

大学のあちこちに設置されている水道で簡単に容器を水洗いして、家に戻ってからしっかり洗う。少しずつ大きさの異なる弁当箱は、中身がなくなると一つにまとめられるから嵩張《かさば》らなくていい。

八尋はティッシュで水気を拭って鞄にしまった。

「さ、行こうか。平日だから、空いてると思うけど。ボク、アザラシとか魚たちに餌をあげるところが見たいんだよね」

　時間もしっかり調べて、プリントアウトしてある。

　八尋は今にも鼻歌が漏れそうなほど上機嫌で歩いていると、正門のところに美沙が立っているのに気がつく。周囲を見回し、誰かを探している様子だった。

「……………」

　八尋の胸を、嫌な予感がよぎる。

　美沙の目的が帝人でなければいいと祈ったのだが、美沙がこちらのほうを見たかと思ったら、小走りで近づいてきた。

「ごめんなさい。ちょっとよろしいかしら」

　声をかけられて、思わず八尋の口から溜め息が漏れそうになる。

　美沙は八尋に申し訳なさそうな笑みを見せると、帝人のほうを向いた。

「帝人さん、例の件なんだけれど」

「何か問題が?」

「ええ、ちょっと……」

　八尋から少し距離をとって、二人は小声で話し始める。内容は聞こえないが、深刻そうだということは分かった。

「——」

大学内でも話題の三人が揃っているということで、周囲の視線が痛いほど突き刺さってくる。手持ち無沙汰で二人の話が終わるのを待っているしかない八尋は、非常にいたたまれない思いをさせられた。

五分が経過しても、二人の話は終わらない。

早く遊びに行きたい八尋としては焦《じ》れったくてたまらず、何より注目を浴びているこの場所から移動したかった。

さり気なく帝人の腕に触れている美沙の手が、八尋の癇《かん》に障《さわ》る。帝人がそれを気にしていないのが、八尋は嫌だった。

なんというか二人には、どこか親しげな雰囲気がある。小さい頃からの知り合いだというからそのせいかもしれないが、噂になるのも無理はないと思うような親密さを感じた。

八尋はこの日、初めて二人が一緒にいるところを見たのだが、何やら胸のあたりにモヤモヤしたものが溜まった。

美沙はただの昔なじみだと自分に言い聞かせても、妙な感じはなくならない。

早く話を終えてほしいと思っていると、ようやく帝人が美沙から離れる。そしてすまなそうに言ってきた。

「八尋、悪いが用事ができたんだ」

「えっ……?」

一瞬、何を言われているのか分からなかった。

「それって…行けないっていうこと?」

「仕事なんだよ」

「……」

それを言われると、八尋も駄々を捏《こ》ねることができなくなる。帝人がまだ学生という身にもかかわらず、大変な重責を担っていると知っているからだ。そしてこれが初めて本格的に任された仕事で、帝人自身もそれなりにプレッシャーを感じていることも知っていた。

「……分かった」

とても楽しみにしていたのだ。

八尋には珍しくはしゃいで、今上映している映画や開始時間などいろいろ下調べし、夜は興奮してなかなか寝つけなかったほどだ。

講義中も上の空であまり頭に入ってこなかったから、あとでノートを見直しておかないといけない。

それなのに帝人は、行けなくなったという。

仕事だから仕方ないと頭では理解していても、期待感が大きかっただけに気持ちのほうはなかなか納得できなかった。

「あの…何か、ご予定があったのかしら？　本当にごめんなさい。私もできることなら無理は言いたくないのだけれど……」

美沙の申し訳なさそうな様子は偽りとは思えず、本当に仕事の急用なのだろうと思う。

けれどだからといって八尋の気分が浮上するわけでもなく、それでいて嫌だと駄々を捏ねることもできない。

「仕方ありません。仕事なら……」

「ごめんなさいね」

「早く終わるようなら電話を入れる」

「うん」

二人は連れ立って歩き、真剣な表情で話しながら足早に遠ざかっていく。そして待ち構えていた車に一緒に乗り込んだ。

一人取り残された八尋は、泣きたい気分で唇を噛み締めた。

その一部始終を、周りの人間が見ているのにも気がついている。これ以上、同情と嘲笑の視線に晒されるのはごめんだ。

八尋は表情を消し、駅に向かって歩き始めた。

しばしの逡巡《しゅんじゅん》ののち、歩きながら基樹にメールを打つ。今日マンションに行っていいかと聞いたのだが、仕事中にもかかわらずすぐにＯＫの返事が来た。

こういうとき、八尋が泣きつく先は基樹のところである。なまじ帝人と引き合わせたのが両親なだけに、両親には泣きつけない。

外でばかり会っているので今まで一度も使ったことはないが、基樹のマンションの鍵《かぎ》は預かっている。外食する気分ではなかったので途中の店で食材を買い込み、自分で料理をすることにする。

基樹も手料理には飢えているから、こうして食事を作るとものすごく喜ぶ。アメリカでも日本人のコックが和食を作ってくれたようだが、八尋や母が作る惣菜《そうざい》的な家庭料理のほうが好きだと言っていた。

八尋自身も料理をするのはいい気分転換になるので、張り切ってキッチンに立つ。

基樹が料理をしないせいで調味料の種類が少ないが、それでも基本的なものは揃っているからなんとかなりそうだ。

自棄《やけ》気味で一心不乱に手を動かしていると、クサクサしていた気分が少しは晴れるような気がする。残ったらあとで基樹が食べるだろうし、なんなら八尋が持って帰ればいいと考えて、気がすむまで思いっきり作りまくった。

買ってきた食材がすべて料理に変わったところで基樹が帰宅して、テーブルの上にズラリと並べられた料理の数々に驚きの声を上げる。

「すごいな、おい。いったい何時間かけたんだ？」

「まぁ、それなりに。残ったら持って帰るから、心配しなくて大丈夫だよ」

「いや、俺が食う。明日の朝食と、タッパーに詰めて会社に持っていく。久々の八尋の手料理だからな～」

　基樹は嬉しそうにそう言って、急いでスーツを着替えてくると食卓に着いた。

　言葉どおり旺盛な食欲を見せ、あれもこれもと箸を伸ばす。

「旨～い。懐かしい味だな。叔母さん、元気か？」

「元気だよ。忙しくしてるみたいで、この前電話がかかってきたときは、どこかのパーティー帰りだったらしいし」

「叔父さんの仕事、順調だからな」

「料理をする時間が減って、ストレスが溜まるって言ってた。あの人も、料理が趣味みたいなところがあるから」

「いいなー、叔父さん。料理上手の美しい妻か…理想的だ」

「基樹も早く結婚すれば？　いい年なんだから。アメリカにいたときの恋人と結婚して、連れてくればよかったのに」

「恋愛と結婚は違うんだよ。第一、レイチェルは言葉の通じない日本になんか来たがらなかっただろうしな。……ああ、そうそう。アメリカといえば、大室《おおむろ》から本が山ほど届いたぞ。大箱で三つも。あっちの部屋に放り込んであるから、帰りに送りがてら車で運んでやるよ」

大室は、基樹の家の執事だ。主がアメリカに本拠地を移すことになったとき、家族ごとついていった。

基樹は日本に戻ったが、基樹の両親は今もアメリカを拠点にしている。

「うわー、やった。嬉しいな。大室さんに電話しなきゃ」

「いいけどなー、なんで俺のとこに送られてくるんだ？」

「新しい住所、まだ教えてなかったんだよね。ボクのほうが先に荷物を送る予定だったし。そのときでいいかなーってのんびりしてた」

「ああ、もしかしてあの箱の中身、本か？」

「そう。大室さんとはミステリー仲間だから。アメリカの本を送ってもらう代わりに、ボクが日本の本を送る約束になってるんだ。どっちも手に入れにくいから」

「お前ら、本読むの好きだもんな。でも、日本は結構翻訳ものの数、多いだろう」

「そうだけど、アメリカに比べるとすごく発行ペースが遅いうえ、シリーズの途中で出なくなったりするんだよね。翻訳されてない好きな作家も山ほどいるし。それに、翻訳した人の文章が苦手だったりすることもあるから、原書で読むのが一番面白い」

「そんなもんかねー。俺は、本なんてろくに読まないからな。仕事で嫌になるほど書類を読まされているせいか、家に帰ってまで文字なんて見たくねーって感じ。映画を観たりゲームをしたりするほうが気晴らしになる」

「ボクたち、ちょっと活字中毒みたいなところがあるからね。一日一度は本を開かないとソワソワするっていうか……」

「なら、趣味と実益を兼ねて翻訳家になるのもいいんじゃないか？　叔父さんは、会社を継ぐ必要はないって言ってくれてるんだろう？　だったら、好きな仕事に就けるじゃないか。まぁ、大学に入ったばかりだから、まだまだ先の話だけどな」

「翻訳家……」

「家で仕事できるし、かかわる人間も少なくてすむから、八尋にはピッタリな気がするんだよな。お前、外に出ると、ゾロゾロ男ひっつけてくるから」

「うっ……嫌な言い方……」

「事実だろ。鷹司の嫁になるなら専業主婦でもいいんだろうが、することが何もないっていうのもな。それに八尋の性格からして、相手の収入におんぶに抱っこというわけにもいかないだろうし」

「……」

さすがに子供の頃から知られているだけあって、八尋の性格をよく把握している。

今は未成年で学生だから親に養ってもらっているが、大学を卒業したら自分の生活費は自分で稼ぐのが当然だと思っていた。

それは、たとえ鷹司の籍に入っても変わらない。

おそらく帝人は八尋が外で働くのを良しとしないだろうが、八尋は家にこもってただ帝人の帰りを待つだけという生活は嫌だった。それに帝人も、八尋が帝人に依存して頼りっきりになったらうんざりするような気がする。

八尋は帝人と対等でいたい。

「翻訳家か…いいかもね。実は、帝人にも言われたことがあるんだ。英語をしっかり勉強しろって。ビジネス用語とか、科学とか、医療とか。帝人は仕事にするとかじゃなく、パーティーやなんかで専門家とも臆すことなく話せるようにっていう意味で言ったと思うけど」

「専門分野か…確かに需要は多そうだ。うち関連の製薬会社でも海外の論文をいくつも訳させているが、意味を成さないのもよく見るって言うからな。きちんとした仕事をするやつは、一本単価が高いし」

「社員がやるんじゃないの？」

「論文の数が多すぎるから、うちでは社員はザッと粗読みして、必要と思われるものだけ外注に出す。もちろん最終的なチェックは自分たちがするけどな。この翻訳料がバカにならない経費なんだよ」

「そうなんだ…バカにされるのも嫌だから勉強はするつもりだったし、それが役に立つのは嬉しいかも」

まだ将来どうすると決めたわけではないが、選択肢の一つに加えるのに問題はない。

「そうだろう？　他にも家でできる仕事はあるから、調べてみろよ」

「そうする」

「外で働くより、収入の低い仕事は多いだろうが、それは問題ないだろうし。ダンナが高収入だもんな」

「基樹……」

ダンナという言葉に、八尋の肩がピクリと震える。

「ん？　そういやお前、俺のマンションなんかに来てよかったのか？　男と二人きりになるって言われてるんだよな？」

「だって……」

もうあらかた食事を終えていた八尋は、箸を置いて訴える。

ようやくのことで帝人と一緒に出かけられるところを、仕事で連れていかれてしまったこと。それが帝人の小さな頃からの知り合いで、大学のミス・キャンパスでもある美女なこと。彼女との妙に親密な雰囲気を、不満いっぱいに訴えた。

基樹は八尋のらしくない勢いにあっけに取られていたが、それでも食欲旺盛に食べる手は止めなかった。

「つまり八尋は、嫉妬しているわけだな。その、ミス・キャンパスに」

「そういうわけじゃ……」

否定しようとして語尾を濁し、それからしぶしぶ頷く。

「……そうかも……」

「モテるやつだしなー。嫉妬しても仕方ないんじゃないか？　恋人が誰かと親しくしていれば、やきもきして当然だ。ただ、あいつのことを信頼はしてるんだろう？」

「してるよ。ああ見えて帝人は、意外と誠実なところがあるから」

「それでも気になるのか？」

「……そう」

拗ねたように口をへの字にして頷く八尋を、基樹は楽しそうに笑う。

「可愛いなー。八尋から恋愛相談を受ける日が来るとは思わなかったぞ。お前ってば、人間不信だったから、恋愛以前の問題だったもんな。いいことだ」

「うーん」

基樹から見るとそういう呑気な話なのかもしれないが、当事者である八尋にとっては胸のモヤモヤがなんとも不快で困ってしまう。美沙のことだけじゃなく、大学に入って新しい生活になってからいろいろと溜まっていた。

「全然いいこととは思えないんだけど……。なんだか、こう…あの特殊で危険な高校が懐かしくなるんだよね」

閉鎖された空間では、帝人と分かり合えていた。毎日が密着した生活で、どこで何をしているかよく分かっていたのである。

でも今は——帝人を遠くに感じる。

八尋は、帝人が八尋を置いて先に行ってしまうような気がして不安だとか、そういうことまで全部吐き出してしまう。

基樹は八尋の不安に対し、押しつけがましいことは言わない。八尋の話を聞いて、基樹なりの意見を言うだけだ。もっとも、それも年長者の余裕で、「悩むのも青春の一ページだ」などと、八尋からすると激しくピントのずれた姿勢である。

けれど話すだけでもスッキリするので八尋はせっせと訴え、基樹はせっせと料理を詰め込みながらフンフンと聞く。

どうにも噛み合わない会話だが、気心の知れた二人は気にしない。

八尋は空になった皿を無意識のうちに片付けながら、八尋の話より料理のほうに集中している基樹に話し続けるのだった。

★★★

美沙と連れ立っていってしまった日から、帝人はますます忙しさを増していった。

午前様は当たり前、週末も返上で働いて、ときには会社に泊まり込み、そのまま車で登校することもある。そういうときはメールで知らせてくれるが、次第にその回数が増えているのが気になった。

どうせ遅いだろうからと、八尋は基樹と毎日のように一緒に夕食を食べた。一人で食事をするのはあまり好きではないのである。

それにやはり、自分の作った料理を誰かに食べてもらいたいという気持ちもある。自分のためだけに料理するのはつまらないのだ。

けれど、帝人に基樹と密室で二人きりで会わないようにと言われたことが頭にあるから、基樹の部屋で料理をする回数はそれほど多くない。なるべく、外で会うようにしていた。

おせっかいな人間というのは嫌になるほど多く存在していて、講義が終わって帝人と別れ、一人で帰る道すがら、いろいろなことを吹き込んでくれる。

それは大抵、帝人と美沙が一緒にいたという話ばかりだったが、教えてくれる相手はかなりの人数にのぼった。

帝人が不誠実だから別れて自分と付き合おうという男や、あなたなんてしょせん遊びなのよとせせら笑う女性。

どちらも八尋は相手にしないようにしているものの、聞いてしまった情報をなかったことにはできない。

帝人と美沙が仕事で会っているだけだと知っていても、二人でいたときの親しげな雰囲気が脳裏に焼きつき、八尋の心にわだかまりを作っていた。

八尋の煮詰まり具合に比例して基樹と会う回数が増え、最近では相当頻繁だ。

基樹も八尋を歓迎してくれているが、それでもさすがに帝人とのことを心配する発言が漏れ始めている。

八尋がどんどん煮詰まってきているのは一目瞭然らしく、それゆえに基樹も甘やかしてしまうらしい。そして八尋は、いけないと思いながらも寂しさから基樹に甘えている状態だった。

帝人への不満と、後ろめたさ。それに置いていかれそうな不安や帝人と美沙の消えない噂、自分の将来への焦りなど、八尋の心の中はいまだかつてないほど荒れている。

そのせいか帝人とギクシャクした感じがあり、それがまた八尋の焦慮を募《つの》らせる。

長年の八尋の精神安定剤代わりだった基樹への依存が強くなり、いけないと思いながらも無条件に甘えさせてくれる基樹のところに行ってしまう。

この日もまた基樹にメールをしてＯＫをもらった八尋が駅に向かって歩いていると、すかさず声をかけてくる男がいる。今日は、いかにもナンパそうな二人組だ。

「八尋ちゃん、鷹司に二股かけられちゃってるんだって？　かわいそーに。あんなやつ捨てて、パーッと俺たちと遊ばない？　どこでも、八尋ちゃんの好きなところに連れてくよ」

「帰るから」

「そんな冷たいこと言わないで。ちゃんと楽しませてあげるからさ」

「そうそう。遊びなら任せろって。俺たち、結構顔広いし、いい思いできるよー」

「気晴らしになるから、鷹司のことなんて忘れて、パーッと遊ぼう」

そこそこ容姿の整った二人は、手を組んで八尋を誘いにかかっている。

ニコニコと笑う顔は一見したところとても感じがいいが、男の下心に晒されることの多い八尋には、その目の中に巧妙に隠された欲望があるのに気がついていた。

場慣れしていそうな二人組なだけに、迂闊《うかつ》についていったらひどい目に遭わされそうな気がする。相手が危険かどうか、八尋はかなり鼻が利くほうだった。

「必要ない」

今の八尋に必要なのは一人になる時間。そして誠実に話を聞いてくれる相手だ。間違っても、下心たっぷりのナンパ男ではない。

「いいから、いいから。さ、行こう」

「そうそう。すぐそこの駐車場に車置いてあるからさー」

馴れ馴れしく肩を抱いてくる男と、腕を引っ張る男。二人がかりで駐車場の方向に八尋を連れていこうとする。

「放せっ」

本気で危険を感じた八尋が足を突っ張るが、相手が二人ではなんの意味もない。かといって大声で助けを求めるのは性格的に難しかった。

しかしさすがにまずいかもしれないと思い周囲を見回したとき、腕を掴んでいた男がドンと突き飛ばされた。

「誰か！　変態誘拐魔です!!」

大きな声でそう叫んだのは、若狭である。

次の瞬間、二人組はあっという間に三人もの男たちによって押さえ込まれる。そして横につけられた車に乗せられ、連れ去られた。

それら一連の作業は五分もかからずに終了し、あまりの早業に八尋も若狭もあっけに取られたほどだ。

しかし若狭はすぐに立ち直り、キッと八尋を睨みつけて怒鳴る。

「何やってるんだよ。車に連れ込まれたらどうする気だったんだ!?　自分が男にどんなふうに見られてるか、分かってるんだろ?」

目を吊り上げて怒るのは、若狭が本気で八尋を心配しているからだ。いつもライバル視して

突っかかってくるくせに、性格がまっすぐな若狭らしい。

「ごめん…助かった」

「……なんか、そう素直に謝られると拍子抜けするんだけど。中神らしくない」

その言葉に、八尋はムッとする。

「お礼を言ってるのに、そういうこと言うわけ？」

「だって、毒舌山猫の中神だから。いつも警戒して、シャーッて威嚇《いかく》するし、鋭い爪で引っ掻くし。しょんぼりされるとちょっと……」

「しょんぼりなんてしてない。助けてもらったんだから、お礼を言うのは当然のことだろ。それを不思議そうにされたら、ボクが礼儀知らずみたいじゃないか。そもそもボクは相手が喧嘩を売ってこないかぎり、やり込めたりしないよ。すぐにキーキー言ってくるサルたちとは違うんだから」

憤然としてそんなことを言う八尋に、若狭はクスッと笑う。

「うん、やっぱり中神はそうじゃないと。安心した」

「……変なやつ。ボクは、天敵じゃなかったのか？」

「そうなんだけどね。……あのさ…この前、中神に言われていろいろ考えたんだけど……。ボクの帝人様への気持ちは、恋じゃなくて憧れみたいだ。すごくすごく好きで、お姿を見たりお声を聞いたりしたいけど、抱かれたいって思ったことはないんだよね。格好いいなー、素敵だなーって見とれて、ただ見てるだけで幸せっていう気持ち、分かる？」

「分からないけど…アイドルに対する気持ちみたいな感じ？　自分が恋人になれるとは思ってないけど、恋人ができるのは嫌みたいな？」

「そうそう、まさしくそれ。だから中神のことを認められなかったし、重森美沙なんてもっと嫌だった。今だって認めてないよ。帝人様はみんなの帝人様でいてもらいたいし。……でも、帝人様が中神のことを好きなら、仕方ないかなって。ボディーガードをつけるくらい、大切なんだろうし」

「ボディーガード？」

「その人たち、帝人様が中神につけたボディーガードだろ。動きがプロだったもん」

そう言うと、ナンパ男たちを連れ去った連中のうち、その場に残っている二人へ視線を送る。

「………」

やっぱり若狭もそう思ったのかと、八尋は眉を寄せる。

けれど、八尋は帝人から何も聞いていない。ボディーガードをつけるなど、まったく聞いた覚えはなかった。

「中神…知らなかったんだ？」

「まぁね」

「ふーん。中神が拒否するって分かってるから、何も言わなかったのかな。でも、帝人様の弱点になりうる以上、ボディーガードをつけるのは当然だけど」

「当然？　本人に無断でボディーガードをつけるのが当然なわけ？」

「そうだよ。鷹司家に入る人間にはボディーガードがついて当然。誘拐リスクもあるけど、それ以上に弱みを握られて脅される危険があるからね。たとえば中神がさっきの男たちに車に連れ込まれてレイプされたとして、その写真なりビデオなりをネタに脅されるとか。誘拐なんかよりよっぽどありえる話だよ」

「………」

「ま、でも、その人たちがついてるなら安心だね。ボクは誰かさんと違って忙しいから、もう行かないと。じゃあね。帝人様に文句とか言わないように！　帝人様なんだから」

なんだそれと思うような言葉を残して若狭は立ち去る。帝人に対する気持ちは恋ではないと悟ったわりに、相変わらず帝人信者であるらしい。

八尋は溜め息を一つつくと、ボディーガードらしき男たちに向き直る。

「……あなた方は、ボクのボディーガードなんですか？」

「はい、そうです。鷹司様に、中神様には絶対に感づかれるなと言われていたため、なかなかお助けできずにいて申し訳ございません」

「鷹司というのは、鷹司帝人ですか？」

「はい」

「帝人が、ボクにボディーガードを?」

「はい」

「いつから?」

「正式には、高校を卒業されてからになります」

「……ということは、もっと前からですね?」

「はい」

「信じられない……。ボクに何も言わないで、勝手にボディーガードをつけるなんて」

八尋の表情はどんどん険しくなり、男たちが悪いわけではないと分かっていながらもつい唇を噛んで睨みつけてしまう。

「中神様…唇が傷ついてしまいます」

「え?」

「せっかく美しい唇なのに、傷ついてしまってはもったいないですよ」

「………」

ボディーガードにしてはおかしなことを言うと、八尋はマジマジと目の前の男を見つめる。

おそらく周りに溶け込むようにだろう、地味なシャツにパンツという格好の男は、三十代前半といったところだ。身長はそれほど高くないが、よく見ると首は太いし、胴回りもガッシリしている。地味な服の下にはみっちりとした筋肉が隠されていそうだった。

「そんなふうに男をジッと見つめるのはよくありません。あなたにその気がなくても、見つめられた男は誤解しますよ」

「はぁ？」

「鷹司様が心配なされるのも分かります。中神様は警戒しているようで、無防備だ。我々を雇われたのは正解です」

「ボクは…聞いてません」

「はい。ご本人に気づかれないようにとのご依頼でしたから」

「ボディーガードがつくなんていうこと、納得していないんです。あなた方は仕事で、だから仕方ないことは分かっていますが、ボクについてこないでください」

八尋がそう言って踵《きびす》を返し、速足で駅のほうに向かっても、八尋のボディーガードだという男たちはその場から動こうとしなかった。

八尋は自分の言い分を認めてくれたのかとホッとしたが、すでに八尋に面割れしてしまった彼らから、話をしている間に他のメンバーへと交代していたことを知らなかった。

知らない間に自分につけられていたボディーガードの存在が、八尋をイラつかせる。誰かにずっと見られていたのかと思うと、自然と眉間に皺が寄った。

どうにも落ち着かず、基樹と会うまでの時間をウインドーショッピングでつぶす。その際、チラチラと周囲を見回すのだが、怪しい人影は見つからなかった。

やはりついてこなかったのだろうかと安心したが、苛立ちは収まらない。結局八尋は、目的もなくフラフラと歩き続けたのだった。

その疲労もあって、基樹と会うときには少し落ち着きを取り戻していた八尋だが、いったん話しだすととまらない。思わずといった感じでまくし立てたが、基樹も若狭と同じで仕方ないという考えだ。一緒になって帝人に怒ることはなく、八尋を宥めるほうに回った。

おかげで八尋はスッキリせず、不満が溜まったままである。若狭の言うことも、基樹の言うことも頭では納得がいくのだが、知らない人間にあとをつけられていると考えると鬱々《うつうつ》とした気分になるのである。

あまり消化に良くなさそうな夕食になってしまったと思いながらマンションに帰ると、玄関を開けてすぐに帝人の靴があるのに気がつく。それに、まだ九時前だというのに明かりが灯っていた。

「……あれ？」

珍しく帝人が早く帰っているらしいと、八尋は首を傾げる。そして、ボディーガードの件で話があるのだろうと予想がついた。

ちょうどいいとばかりに急いで靴を脱ぎ、臨戦態勢でリビングへと走る。

どういうことだと先制攻撃をしようとしたのに、ソファーに座る帝人の険しい表情が八尋の足を止める。

怒ったような顔に八尋は戸惑いを覚える。

「……帝人？」

「……どこに行ってたんだ？」

「どこって…基樹とご飯を食べてたんだよ」

その言葉に帝人の目が眇《すが》められ、ますます機嫌が悪くなったのを感じる。

「ここ最近、ずいぶん頻繁にあいつと会ってるよな。どうしてだ？」

「別に理由なんてないけど…なんで帝人がそんなことを知ってるんだよ」

最初の頃こそ帝人に基樹と会うことをきちんと告げていたが、最近は帝人があまりにも忙しすぎるから何も言っていない。それに言うのをためらうほどしょっちゅう会っているせいもあった。

「もう知ってるだろう？　お前につけているボディーガードたちからいろいろと報告を受けている」

「そうだよ、ボディーガード！　なんでそんな勝手なことを!?　ボクは何も聞いていないし、見張られるなんて冗談じゃないっ」

「見張りじゃない、ボディーガードだ。ストーカー対策と誘拐リスクを考えてのことだ。鬱陶しく感じないよう、密かにな。なかなか優秀な連中で、すでに六人のストーカーを捕獲したぞ。やつらも、この短期間に六人は多いと驚いていたが…お前、男たちにあとをつけられているの、気がついてたか？」

「……………」

まったく気がつかなかった八尋は、何も言い返せなくなる。

「六人って…本当に？」

「ああ。学生や助手なんかの大学関係者が四人、あとは本屋でお前を見かけた客と、コンビニの店員。心当たりは？」

「全然。本屋の客なんてたくさんいるし、コンビニは二回しか行ってないし……」

「それでも、あとをつけてマンションまで来たそうだぞ。セキュリティーがしっかりしているから、中には入れなかったがな。そんなことを二回繰り返して、三回目に間違いないっていうことでボディーガードたちは捕まえることにしたらしい。そんなのが、ゾロゾロと六人。今日は、二人組に無理やり車に連れ込まれそうになったそうだな。ボディーガードをつけてよかったと思わないか？」

「……………」

本当だろうかと思わないでもなかったが、過去に似たようなことが何度もあったので疑うことはできなかった。

「それで？　その捕まえた男たちはどうしたわけ？」

「ボディーガードたちの証言と証拠ビデオを添えて、警察に突き出させた。今後、本物のストーカーにさせないためにな。大抵のやつは、警察から警告を受ければビビッておとなしくなるからな」

「そう…なんだ……」

日本でもストーカー被害が深刻化しているのは、八尋もニュースでよく知っている。けれどやはり八尋の頭には日本は安全な国というイメージがあって、どうにもボディーガードの存在を容認できなかった。

自分のあとをつけ回していた男が六人もいたと聞かされてもそれは同じだ。

「変なのを捕まえてくれてありがたいとは思うけど…ボディーガードなんて嫌だ。見張られてたら息が詰まりそうな気がする」

「今日の誘拐騒ぎまで、気がつかなかっただろう。連中はプロのボディーガードだ。周囲に溶け込んで、八尋の負担にならないよう完璧に護衛するさ。実際、ずっとつけていたのに気がつかなかったんだからな」

「……」

それを言われると反論しにくい。まさか自分にボディーガードがつけられているとは思っていなかったとはいえ、その存在にまったく気がつかなかったのだ。それに、六人もいたというストーカーにも。

「……でも、見張られるのは嫌だ。べつに何もやましいことはしてないけど、四六時中見られているのかと思うと、ゾッとする」

「あいつらのおかげで、いろいろと助かってるんだぞ。これとかな……」

そう言って帝人に渡されたのは、数枚の写真だ。

八尋と基樹が写っているが、それは涙ぐんだ八尋の頬を基樹が撫でていたり、落ち込む八尋を慰めるために手を握られたりしている場面だった。

美沙との相変わらずの会合、消えない噂、帝人が忙しすぎて二人でゆったりとした時間を取れないことが八尋を情緒不安定にさせていた。

基樹はアメリカ生活が長いので普通にハグしたりするし、仲の良い従兄弟としてはそう珍しい光景ではないものの、こうして写真で見せられると意味深に見える。

いったいいつ撮ったのかまったく気がつかなかったが、この写真を撮った人物の意図が充分に感じられるものだった。

「何、これ……」

「見れば分かるだろう」

帝人の冷たい口調に、八尋はキッと帝人を睨みつける。そして目を吊り上げ、顔を紅潮させて怒りを表した。

「基樹は、護衛とは関係ないだろ。なんで、こんなものを撮らせる必要があるわけ⁉　基樹はただの従兄弟だ。何度もそう言ってるのに、帝人は信じないのか？　本当にボクと基樹の間に何かあるなんて思ってないんだろ？」

「ボディーガードが撮ったんじゃない。それは、次の大学新聞に載る予定だった写真だ。前回のは俺のネタだったから、今回は八尋のネタらしい」

「これが新聞に？」

「ああ。スキャンダラスな見出しとともにな。『男殺しの新入生、浮気の相手も御曹司』だと。これらの写真と、お前がこいつのマンションに三時間もこもっていたという記事が入る予定だった」

思いがけない言葉に、八尋は困惑している。

「こもっていたって…ただ基樹の部屋に遊びに行っただけなのに。従兄弟なんだから、そんなふうに勘ぐるほうがおかしいよ」

「面白おかしく作るのが大学新聞だからな。俺やお前のスキャンダルは格好のネタだ。多少の憶測は入れているが事実に基づいているものだし、ウソを書いているわけでもない。上手い線で攻めるもんだな」

「感心してる場合？　芸能人でもないのに、プライバシーの侵害だ」

八尋は憤慨する。

自分が誰と何をしていようが新聞部には関係ないし、それを号外と称して大学内に広めるなどとんでもない話だった。

「だが、あいつのマンションに行ったのは事実だろう？　俺は、二人きりになる密室で会うなと言わなかったか？　お前は、分かったと言ったはずだよな？」

「それは……」

言い訳をしようとして、できないことに八尋は気がつく。帝人が言うとおり、約束を破ったのは自分だった。

「……ごめん」

「お前があいつに懐いているのは知っているが、いくらなんでも会う回数が多すぎないか？　特にここのところは、毎日のように会っているらしいじゃないか。いったい、どういうつもりなんだ？」

責めるようなその言葉に、八尋はムッとして答える。

「べつに。普通に従兄弟に会ってるだけだよ。最近回数が増えてるのは…帝人が毎日遅くて暇だから。一人でご飯を食べるのつまらないし、基樹に付き合ってもらってるんだよ。それに、そんなことを言うんだったら、自分だって重森美沙と会ってるくせに。仕事だって聞かされて、納得はしてるけど、だからって嬉しくないのは分かるだろ？」

「俺のは、純粋に仕事だ。色めいた気持ちはまったくない」

「分かってるよ。でも、噂をされている相手だし、美人だし。心穏やかかっていうわけにはいかないのは確か。それに、ボクだって基樹に色めいた気持ちなんてないしね。帝人だってそれは知ってるんだから、お互い様じゃないの？」

「……………」

「……………」

八尋と帝人は無言で睨み合う。

どちらも自分は悪くないと思っているから、一歩も引かなかった。

「お前は、何も悪くないというのか？」

「約束を破ったこと以外は。でも、基樹は従兄弟で、ボクが基樹のマンションに行っちゃいけないっていうのは不条理だと思う」

「危うく新聞ネタになるところだったんだぞ」

「そんなのがネタになるほうがおかしいんだよ。同性の従兄弟の部屋に遊びに行ったからって、変なふうに勘ぐられる覚えはない」

「お前は『男殺し』だそうだからな。しかも、同性である俺と付き合ってる。当然、同性である従兄弟も恋愛対象になりえると考えるのが自然な流れだ」

その言葉に八尋はムッとする。

「新聞部の肩を持つわけ？」

「まさか。目障りで、うざったい存在だ」

「そうだよね。うんうん」

帝人もともに被害者だから、鬱陶しく思って当然だ。

最初の記事で帝人が鷹司家の次男であり、超がつく玉の輿の相手だとバレたから、すり寄ってくる女の子の数が一気に増えた。帝人は次から次へとやってくる女の子たちを追い払うのに辟易していたのである。

「やつとはもう会うな」

「……嫌だ」

「なぜ？」

「大事な従兄弟だし…なんでも話せる、たった一人の人だから」

「俺がいるだろうが」

「帝人は…帝人とは違う。それに今の帝人はひどく忙しいから、あまり話もできないし」

「それは、悪いと思ってる。もう少し我慢しろ」

「仕方ないって、分かってるけどね。帝人が厄介な会社を任されて、それに全力を投入するのは当然だし、ちゃんと理解してるつもり。でも…少し焦るんだよ。分かる？　帝人が社会人として一足先に仕事をしているのを見ると、何もしていない自分に焦るんだ。将来のこととか、やりたいことが見つからないとか…なんだかいろいろ考えちゃって、わけが分からなくなる。基樹には、そういうことを聞いてもらってるだけだよ」

「俺が聞いてやる」

「……時間ができたらね」

「………」

毎日が午前様の今の状態では、落ち着いて話をすることはできない。どうしても時間に追われている感があるのである。

帝人もそれが分かっているから、らしくない溜め息を漏らした。

「とにかく、ボディーガードはつける。お前の安全のためなんだから、諦めろ」

「やだ」

「ダメだ。わがままぬかすと、ボディーガードの数を倍に増やすぞ」

「………」

それはさらに嫌なので、思わず黙ってしまう。

「あの高校にいた連中の顔ぶれ、分かってるだろう？　すでに中神八尋の名は知られてるんだ。お前がなんと言おうと、ボディーガードはつける」

「嫌だって言ってるのに……」

「高校のときみたいに、一日のほとんどを一緒っていうわけにはいかないからな。俺を、安心させろよ」

そう言って帝人は八尋の腕を摑み、力ずくで引き寄せる。そして嚙みつくような荒々しいキスをした。

いつもの帝人らしくなく、強い苛立ちが感じられる。

久しぶり…というより、二人ともに怒りを覚えながらの言い争いなど初めてだ。それだけに帝人も余裕綽々《よゆうしゃくしゃく》というわけにはいかないらしい。

それに高校のときはほぼ毎日だった行為が、今は二日か三日に一回になっている。おかげで八尋の体は倦怠感もなく楽だが、やや物足りない感もあった。当然、八尋よりも体格が良く性欲も旺盛な帝人は、もっと欲しているはずだ。

八尋は乱暴に体を抱き上げられて寝室へと運ばれ、ドサリとベッドに落とされる。

無言のままシャツに伸ばされた手も乱暴なもので、ボタンが一つ弾け飛んだ。

「――」

上も下も脱がされ、帝人の体が覆い被さる。

帝人の苛立ちが感じられるセックスは、愛撫の手がいつもより荒々しい。肌に吸いつく力も強く、八尋はツキリとした痛みを感じた。

時折歯が立てられ、痛みと快感に八尋はひどく啼《な》かされるのだった。

しかしどんなに乱暴な愛撫でも、行為に慣れた体は悦びを表す。それはもちろん、相手が帝人だからだ。

たとえ帝人が八尋に怒っていようと、多少心がすれ違っていようと、根っこのところに帝人を信じる気持ちがある。

ジェルで後ろの蕾を簡単に解され、すぐに帝人のものが押し当てられる。一瞬の躊躇いののち、グッと挿入された。

「あ、あっ…帝人……」

「きついか？」

「ん…平、気…もっと」

いつもトロトロにとろかされてわけが分からなくなるから、わずかとはいえこんなふうに痛みを感じるのは久しぶりだ。

体内に穿《うが》たれた帝人のものは怖いほど猛っていて、まだ充分に解れているとはいえない八尋の蕾を押し広げている。

理性が残っていて痛みがあるぶん、その形、大きさ、熱量をリアルに感じる。

普通に考えたらとても無理だと思えるような大きさのものを、八尋は受け入れていた。

「動くぞ」

「んっ」

怒っていても、八尋の体を気遣うのは忘れない。そんなふうにされると、八尋も嬉しくなっ

てしまうのだ。

「帝人…好き、だよ」

そう言葉にすると、帝人は目を見開き、それから目元を優しくする。

「ああ、俺もだ」

心のすれ違いを感じていても、大事な部分は変わらない。八尋は帝人が好きだし、帝人も八尋が好きだという想いが一番大切だった。


翌日、あまりの体のだるさに講義を休むことにした八尋は、いつになくダラダラと寝て、昼過ぎになってからようやく目を覚ました。

広い寝室には遮光カーテンがついているから、昼でも薄暗い。大きなベッドの他に立派な椅子とテーブルもあって、光量を落としたそこで帝人が仕事をしていた。

帝人は微かな衣擦れの音に気づき、視線を上げて八尋のほうを見る。

「……起きたか。体は大丈夫か？」

「大丈夫。少しだるいだけ。誰かさんが無茶するから」

昨夜の重苦しい雰囲気を思い出したくなくて、八尋はわざとからかうように言う。

するといいは、ニヤリと笑って乗ってくれた。


するとお人は、ニヤリと笑って乗ってくれた。

「途中から、もっとと煽《あお》ったのは八尋だろう。さんざん搾りつくされて、すっからかんになったぞ、俺は」

「意外と体力ないなー」

「回復力には自信があるぞ。なんなら、今からどれくらいの回復力か確かめてみるか?」

「……」

それがあながち冗談ともいえないだけに、八尋は一瞬言葉に詰まる。

ここで下手に挑発すると、まず間違いなく本当に押し倒されて帝人の回復力とやらを確かめさせられることになる。

「やめておく。それより、お腹が空いたからご飯にする。お米が炊けるの待てないな…帝人、パスタでいい?」

「ああ。大盛りで」

「分かった」

軋む体を宥めすかしながら起き上がる八尋を、帝人がジッと見つめている。

気絶するまで八尋を攻め立てたことで、帝人が心配していたのが分かる。大学にも行かず、家で仕事をしていたのがその証拠だ。八尋がぎこちないながらもちゃんと動けると知って、安堵しているのが伝わってきた。

八尋はモソモソと服を着込んで洗面所に向かうと、顔を洗って髪を梳《と》かす。そして何も食べていないだろう帝人のために食事作りに取りかかった。

冷蔵庫にはいつでも食料がたっぷり入っているから、食べたいものが作れる。

「よし、今日は海の幸たっぷりのペスカトーレ。いいお肉ももらったし、軽く炙ってカルパッチョにしようかな」

八尋もかなりの空腹だから、肉をがっつり食べたい気持ちがある。そして、時折鷹司家から届く食材は最高級のものばかりだ。

手際よく下準備をすませ、三十分もしないうちに食事を作りあげた。

「帝人ー、ご飯」

「今行く」

寝室に向かって呼びかけると、すぐに帝人が姿を現す。

「腹減った」

「たくさん作ったから、思いっきり食べなよ。あ、このカルパッチョのお肉、帝人の家から送られてきたやつ。産地から直接送られてきたみたいで、牛刺しで食べても美味しいって書いてあったんだよね」

「いくつかレストランを経営しているから、その関係だろう。八尋が料理をすることも知られているしな」

「うーん…まぁ、ありがたいけどね。いいものばかりだし。でも、生きてる蟹《かに》を捌くのはつらかった……」

「ああ、焼き蟹。旨かったなー。味噌が最高だった」

「ボクは怖かったよ。何度もギャーッって悲鳴上げながら捌いたんだから。できれば止《とど》めを刺してから送ってほしい……」

「生きてるほうが旨いだろ」

「料理するの、怖いんだって。海老とか、跳ねるんだぞ」

さすがに鷹司家で手配するものだけあって最高の状態で送られてくるために、料理をする八尋は怖い思いをさせられることも多いのだ。

食事をしながら、八尋は魚を捌く大変さを力説する。帝人もそれに笑って茶々を入れ、せっせと料理を口に運んでいた。

いつもどおりでありながら会話がどこか上滑りに感じるのは、二人が昨夜のことについてわだかまりを持っているせいだ。自分たちがわだかまっている部分を避けて、当たり障りのない話をしているのに気がついている。

互いにきちんと納得したとは言いがたく、気持ちがスッキリとしていない。それでいて、どちらも自分が折れるわけにはいかない問題だと思っているのである。

なにしろ美沙は帝人の仕事相手だし、基樹は八尋の大切な従兄弟だ。いくら恋人が嫌だと思っていても、そう簡単に縁を切るというわけにはいかない。

だからこそ二人は何も言えない。もどかしい思いを抱えながらも、嫌だから会うなとは言えなかったのである。

新しい環境、新しい人間関係の中で、二人とも変わっていく必要があった。

★
★
★

日常はすぐに戻ってくる。

八尋を心配して講義を休んだ帝人も昼食を摂ったあとで会社に行ったし、八尋も多少ぎこちない動きながら家事をこなした。そして帝人が夜遅くに帰ってきたときにはいつもどおり出迎えたのである。

一見すると元どおりになったように見える帝人と八尋の仲だが、実はまだどことなくギクシャクしている。

幻の号外となった大学新聞を見せられ、帝人と言い争いになったため、基樹とは会いにくくなった。

後ろめたいことは何もないが、意地を張って基樹と会い続けて、これ以上帝人と揉めるのが嫌だった。

そんな自分を、八尋は情けなく思う。悪いことはしていないのに、帝人に嫌われるのが怖くておとなしくしていようと考えているのだ。

以前の八尋は、そんな弱虫ではなかった。

特別に親しい人間がいなかったせいもあるのだろうが、相手の気持ちを気にして行動を控えるなどということはなかったのである。

帝人を失うのが怖い。

家族と違って帝人とは血の繋がりがないから、心が離れてしまえばそれで終わってしまう。いくら互いの両親に認められた婚約者といっても、まだ鷹司の籍には入っていないし、縁を切るのはたやすい。

こういうことになって初めて、八尋は帝人との絆の心もとなさに気がついた。


その日、八尋は一人きりのマンションにまっすぐ帰りたくなくて、カフェに寄り道をしていた。

本を読んで時間をつぶすが、あまり集中できない。いつまでもこんなことをしていても仕方がないと苦笑しながら立ち上がった。

しかしその足取りは重く、自然といくつもの溜め息が漏れる。

このまま肝心なことから逃げ回っているような状態はよくないから、今夜帝人が帰ってきたらきちんと話をしようと考えた。

美沙との関係に感じている不安だけでなく、先に社会に出て仕事をしている帝人に対する不安もだ。

八尋の気持ちが揺れる大元は、帝人が八尋を置いて先に行ってしまうのではないかというところにあるから、ここをなんとかしないといつまでもグラグラと揺れる気がした。

「でも、どう言おう……」

マンションまでの道をノロノロと歩きながら、八尋は考え込む。

自分の気持ちを吐露するのは苦手だ。友達作りが上手くいかなくて基樹くらいにしか零したことがないから、どう言っていいのかよく分からない。

帝人が帰ってくるまでにはまだまだ時間があるから、部屋でゆっくり考えをまとめる必要があった。

もうすぐ帰り着くというところで、マンションの前で抱き合っている人影を見つける。

それは、帝人と美沙だった。

「ウソ……」

見間違いならいいのだが、八尋が帝人を間違えるわけがない。それに帝人の腕の中にいる女性の顔はよく見えていて、たった一度しか会ったことがなくても八尋の脳にはしっかりと焼きついている。

八尋はあまりのショックに呆然と佇《たたず》み、それからハッと我に返って踵を返す。

頭の中は真っ白で、とにかくこの場から——二人から離れることしかなかった。

「八尋っ!!」

帝人の声が後ろから聞こえるが、八尋の足が止まることはない。裏切られたという気持ちでいっぱいで、帝人の顔を見たくなかった。

八尋は周りをろくに見ず、闇雲に走り続ける。

何度か通行人に肩がぶつかったような気がするが、謝るどころではない。ひたすら遠くへ遠くへと走り、気がついたときには車道に飛び出していた。

迫り来る車に、八尋の体が硬直する。

逃げなければと思っても、手も足も動かず、視線は目の前に迫った車に釘づけだ。

「危ないっ!!」

必死な帝人の声と、キキーッというブレーキ音。

それから、ドンと激しい衝撃がやってきた。

「――――」

何が起こったのか分からない八尋はしばし呆然とし、それから自分が帝人に抱きかかえられているのに気づく。

帝人は頭から血を流し、意識がない。

八尋を庇《かば》って車に撥《は》ねられたのである。

あたりは大変なパニック状態で、「救急車」や「警察」と叫んでいる人々がいた。

「て…帝人……。帝人っ！」

思わず体を揺さぶって起こそうとする八尋を、慌てて引き止める人がいる。

「君、動かしちゃダメだ。彼は頭を打ってるんだから」

「あっ……」

「もう救急車は呼んであるから、すぐに来るよ。それより君、痛いところは？　怪我はしていないかい？」

「……」

帝人が身を挺《てい》して庇ってくれたから、八尋はどこにも怪我をしていない。小さな擦り傷が一つか二つある程度だ。

プルプルと首を横に振った。

「大丈夫…です……」

「そう、よかった」

それからほどなくして救急車が到着し、バタバタと人が動き回る。

救急隊員は八尋や周囲の人たちに話を聞いて、帝人が怪我したときの状況を把握する。頭を打っているのは出血していることから見ても明白なので、救急車に乗せるときはことさら慎重だった。

八尋も事故の当事者ということで一緒に乗せてもらい、中で名前や住所、連絡先などを次々と聞かれる。

まだ恐慌状態を抜け出せないながらも、八尋は必死になって答えた。

病院に辿り着くと帝人はそのままストレッチャーで運ばれていき、八尋も帝人と離されて医者の元へと連れていかれる。

いろいろと聞かれ、あちこち触診されて、どこにも怪我がないと認めてもらえるまでずいぶんと時間がかかったような気がした。

八尋は何度も自分は大丈夫だから帝人のところに行かせてくれと言ったのだが、彼はちゃんと治療を受けているから心配しなくていいと言われるばかりである。

そしてようやくのことで医者から解放され、案内されたのは処置室だ。帝人はここで、右腕を治療しているらしい。右腕にヒビが入っているとのことだった。

案内してくれた看護師はお喋りで、しかも帝人に興味津々である。この病院が鷹司系列なこと、帝人が鷹司家の次男と分かって院長やら医局長やらが蜂《ハチ》の巣を突いたように慌てふためいていることを教えてくれた。

そのせいで念入りに検査が行われ、ヒビの治療のために処置室に入ったのもついさっきだという。まだ若い看護師でさえおかしいと感じるくらい慎重かつ大騒ぎだそうだ。

帝人のことを根掘り葉掘り聞き出そうとする看護師に答えることなく、八尋は立ったり座ったりを繰り返していた。

やがてその看護師も諦めて立ち去ると、一人きりになる。

シンと静まり返った中で、処置中の赤いランプが八尋を責めている。看護師は心配いらないと言ってくれたが、実際に帝人を見るまでは不安で仕方なかった。

一分が一時間にも感じる中、八尋は落ち着きなくウロウロしながらランプが消えるのを待つ。

「八尋くん！」

「帝人は？　まだ治療中なのかい？」

「おじ様…おば様……」

帝人の両親が、事故の知らせを聞いて駆けつけた。いつも冷静な二人も、さすがに動揺が隠せない。

八尋は青ざめた顔で、声を震わせながら謝罪した。

「ご…ごめんなさい…ボクが飛び出したせいなんです……」

「落ち着いて。大丈夫よ。頑丈な子ですもの」

「そうだよ。あの子はタフな子だ。それに病院の説明では、一番の不安要素である頭の怪我も問題ないと聞いている。心配はないさ」

「でも……ボクが悪いんです。帝人が仕事で忙しいのも、重森さんともビジネス上の付き合いだと聞いていたのに、一人でイライラしちゃったから」

「重森…ああ、重森美沙さんか。確かあそこの会社と帝人のところが提携話を進めているんじゃなかったかな」

「はい……」

俯いてつらそうに唇を噛み締める八尋に、帝人の父は言う。

「パートナーに不安な思いをさせないのも、夫の務めだ。いくら仕事が忙しいとはいえ、帝人はそれを怠《おこた》った」

「でも、ボクが飛び出さなければ…そもそも、逃げ出したのが悪いんです。逃げちゃいけなかったのに……」

「それは確かにそうだね。君は逃げるのではなく、闘わなければいけない。帝人が欲し、私たちが認めた伴侶は君なんだから」

「……」

自信を持ちなさいと言われ、八尋は気持ちを見透かされたような気がした。

「帝人にとっての初恋は君だ。言わば初めての恋愛相手でもあるから、不器用で気が利かないのは目を瞑ってやってほしい」

「初…恋……?」

「あれは、君に会うまで誰にも心を動かしたことがなかった。どこか醒めた目で相手を見て、一歩も二歩も引いていたくせに、君には初対面のときから態度が違った。帝人には熱くなれる相手など現れないのではないかと思っていただけに、あのときは驚いたよ。妻が帝人に見合いを……しかも男の子相手に見合いをさせると言い出したときは唖然としたものだが、すぐに妻の見る目の素晴らしさに感心したものだ。誰とも心を寄り添わせずに過ごす人生はつらいからね」

「おじ様……」

帝人の父の眼差しは優しい。その隣では帝人の母も微笑みを浮かべ、優しく八尋の髪を撫でてくれた。

「帝人と二人で、一つずつ階段を上っていけばいいのよ。こういった出来事の一つ一つが互いの関係を深めることになるわ。ただし、帝人は人の心の機微に疎いところがあるから、一人で悩んじゃダメよ。不満があるなら言わないと」

「はい……」

「それに、忙しいからろくに帰れないなんて言い訳も許しちゃダメ。一から十まですべて自分でやろうなんて無理なのよ。有能な人材を見つけ出して、ある程度は任せないとね。若さゆえの完璧主義で他人に任せられないんでしょうけど、そんなんじゃ、いずれ倒れて入院なんていうことになっていたはずよ。今回のことで、少し考えるといいんだけど。長嶺もそろそろ煮詰まってきているでしょうしね」

「あれも、なまじ有能なだけにすべてを自分でやりたがる傾向にあるからな」

「二人とも、猪突猛進型で困ってしまうわね」

「まぁ、長嶺には私のほうから言っておこう。弟と違って素直じゃないから、あれを注意するのは楽しいんだよ」

「長嶺の悔しそうな顔が見たいんでしょう。ほほほ、意地悪ね」

オロオロする八尋とは反対に、二人は朗らかだ。おそらく病院側から怪我の状態を詳しく説明されているからなのだろうが、それでもこの場面で笑える豪胆さはすごいと思ってしまう。

少しばかり神経質だという自覚のある八尋は、見習わなければと思った。

やがて処置中のランプが消え、しばらくののちに扉が開いて医師が姿を現す。

八尋は慌てて駆け寄った。

「せ、先生っ。帝人は…帝人は大丈夫なんですか!?」

「大丈夫。心配ありませんよ」

五十代くらいと思しき医師が、ニッコリと笑って帝人の怪我の具合を教えてくれる。

帝人の怪我は頭の切り傷と右腕のヒビ、それに打ち身といったところだそうだ。

ありとあらゆる検査をしたが脳にはいっさい異常がなく、頭部の裂傷ということで派手に血が出たらしい。幸い右腕もヒビですみ、それほど重傷というわけではなかった。

そのわりにやけに時間がかかったのは、帝人が鷹司家当主の子息だからだ。帝人が運び込まれたのは鷹司系列の病院で、慌てた病院側はありとあらゆる検査をし、次から次へと専門医に見せたせいで必要以上に時間がかかったらしい。

帝人の両親には逐一報告がいっていたようで、帝人が大丈夫だと分かると名残惜しそうに帰っていった。まだ当分目は覚まさなそうだし、二人とも非常に忙しい身の上なのだ。息子の一大事にこうして駆けつけることでさえ、相当無理をしているはずだった。

本当は帝人が起きるまでついていたいのだろうが、怪我が大したことはないと分かればそうもいかない。二人の後ろではそれぞれの秘書が、何度も席を外してはあちこちに連絡をして予定を調整しているのである。

それゆえに二人は仕方なく病院を去り、仕事へと戻っていった。

特別室に移され、昏々《こんこん》と眠る帝人に、八尋は付き添っている。医者から大丈夫だと聞かされているが、実際に帝人が起きるまでは心配でたまらなかった。

「――――」

薬で眠る帝人の表情は穏やかなもので、それが少しだけ八尋をホッとさせる。けれど忙しすぎる日々が帝人の頬を削いでいることにも気がついた。

こんなふうにマジマジと帝人の顔を見つめるのは久しぶりで、八尋は思わずジッと観察してしまった。

「……疲れた顔…少し輪郭がシャープになって、大人っぽくなったかな？」

高校のときから結構な高身長と男前な顔立ちで、周りの生徒たちから比べるとひどく大人びて見えた。すでに完成された感があったのだが、思い出してみると今より子供っぽさが残っていたように思える。

やはり実社会に出たことで、全体的に引き締まった気がした。

「……ボクのこと、置いていっちゃう……？」

八尋はそう呟いて、帝人の頬に触れる。

温かい――。

帝人の体温が、ちゃんと生きてここにいることを実感させてくれる。それは不安でいっぱいの八尋を安心させた。


飽きもせず帝人の顔を眺めていると、いつの間にか窓の外は真っ暗になっていた。

八尋は立ち上がってカーテンを閉め、それからまた枕元に置いてある椅子へと戻る。顔にかかっていた帝人の前髪を掻き上げようとして、その手を掴まれた。

「車道に飛び出したら、危ないだろうが！」

「……………」

帝人が今目を覚ましたばかりの怪我人とは思えないほど元気いっぱいに叱り、突然のことに八尋は呆然とする。

「怪我は？　大丈夫か？」

「あ……」

眉を寄せて心配そうに聞かれ、ようやく八尋にも帝人が大丈夫なのだと実感できた。

こらえていた涙がポロポロと溢れ出る。

「帝人が庇ってくれたから…ボクは、平気。どこにも怪我してない」

「そうか、よかった」

「……ごめんなさい」

「ああ。お前に車が迫っているのを見たとき、寿命が縮まったぞ」

「ごめん……」

「まぁ、どうして八尋が飛び出したのかは分かってる。美沙と抱き合っているところを見たせいだろう？」

「うん……」

「あれは、別れのハグだよ。美沙は、芽の出ていない画家と付き合っててな。あいつの父親が、絶対に認めないだろう相手だ。隠れて付き合っていたんだが、銀行の頭取の息子との婚約話が進んでいて、美沙は恋人のところに駆け込むことにしたそうだ。家も、何もかも捨てて」

「か、駆け落ち？」

「ああ。そのための準備を、以前からしていたらしい。実際、あいつの親父が娘の話を聞くと

は思えないしな。気持ちは分からないでもないから、多少の協力をしてやってた。だから、家出をするその足で、俺に感謝と別れの挨拶を言いに来たんだよ」

「協力って…もしかして、例の提携関係のこと？　あれ、ウソだったわけ？」

「いや、提携自体は本当だが、必要以上に会っていたのも確かだ。簡単に仕事の話をすませ、美沙は男のところに行ってたってわけだ。俺はいい目くらましになるからな。仕事にかこつけて俺を落とせっていうのが父親の命令だから、俺と会うと聞かされれば父親も文句は言わないだろう？」

「ウソ……」

「本当だ。まぁ、その見返りとしていい情報をよこしてくれたけどな」

「情報？」

「データの改竄《かいざん》部分だよ。提携するにあたって用意された資料は、都合よく作られたものだったわけだ。当然こちらもいろいろ調べたが、内部資料がないと確認できない部分も多くてな。美沙はそれを俺に渡してくれたっていうわけだ。おかげで提携をやめる判断ができた」

「え？　でもそれって、大変なんじゃないの？」

「これまでの労力と時間を考えると惜しいが、共倒れになるより潔くやめたほうが遥かに被害が少ない。それに、他に有力な提携先もあるしな」

「そう…なんだ。じゃあ、美沙さんは本当に戻らないつもりなんだね」

帝人の話からすると、この提携がなくなることで打撃を受けるのは美沙の父親の会社らしい。娘の裏切りでそうなったと知れば、駆け落ちのこととあいまって怒りは倍増だ。

「それくらいしたほうが、追いかけられなくていいと思ったんじゃないか？　今頃、カッカして勘当だと喚《わめ》いているだろうし、うちとの提携が中止となればその影響も…って、やばい。今、何時だ？　長嶺に連絡しないと」

「してあるから大丈夫。それに長嶺さんからもさっき電話があって、『例の件は予定どおり処理するのでごゆっくり』だって。病院でごゆっくりっていうのもおかしな言い方だけど」

「嫌味だ。自分はクソ忙しいのに、呑気に寝てる場合かっていう。けど、事故じゃ仕方ないから、骨休みしてろっていうところか」

「そ、そうなの？　長嶺さんって、そういう人？　穏やかで落ち着いた、大人の男性っていう感じなんだけど」

「デキるやつっていうのは、容赦ないところがあるからな。でも、まぁ、やつがそう言うんなら大丈夫なんだろ。俺の怪我、どんな感じだって？」

「今のところ、脳は問題なし。右腕にヒビが入ってて、変なふうにくっつかないようにしばらくそのままギプスで固定だって。あと、あちこちの打ち身と…そうだ。目が覚めたら教えてくれって言われてたんだ……。お医者様から詳しい状態を聞けると思うよ」

「そうだな。ヒビ程度ならすぐに退院できそうだし、とっとと聞いて帰るか」

「そうだね」

八尋は帝人の元気な様子に気分が落ち着き、ホッとしながらサイドテーブルの受話器を取ってナースステーションに連絡をした。

★
★
★

帝人の入院は一週間に決まった。

本当なら翌日には退院できるはずなのに、大事をとった病院側が一週間の入院を懇願したのである。

右腕のヒビはともかく、頭を打ったことが医者たちを慎重にさせていた。

今は検査で何も出なくても、脳のことだから何が起きるか分からないと五十歳を過ぎた医師に泣きつかんばかりにすがられては、さすがの帝人も強引に退院するというわけにはいかなかったのである。

おかげでにこやかな長嶺の嫌味が炸裂し、帝人が常々言っていた、「長嶺は腹黒策士」の意味を理解した八尋だ。

「このクソ忙しいときに入院ですか。重森との提携を破棄し、新たな提携先と綿密な打ち合わせをしているこの時期に？　その他にも仕事は山積みで、ようやく片付け終わりそうな口うるさいだけのジジイや、役に立たないコネ入社のアホどもを駆逐できそうなこの時期に？」

「す、すみません、長嶺さん。ボクが車の前に飛び出さなければ……」

そっぽを向いて聞く耳を持たない帝人とは反対に、八尋が小さくなって謝罪をすると、長嶺は途端に優しげな表情を浮かべる。

「ああ、八尋くんはいいんですよ。悪いのはすべてこのお坊ちゃまですからね。面倒がらずにきちんと事情を説明していれば、八尋くんもやきもきせずにすんだんです。子供の頃から周囲にちやほやされて、上げ膳据え膳で生きてきたから、他の人間に配慮するということを知らない困ったお坊ちゃまなんですよ」

「悪かったな」

「ええ、悪いですね。その性格、直してください。しかしあなたの取り柄である頭脳が無事だったのは何よりです。それなら仕事をするのになんの支障もありませんから、これらの書類に目を通してください。それから、病院のパソコンはセキュリティーに不安があるので、使うのならこちらのノートパソコンを。早速始めていただけるとありがたいんですが」

「分かった、分かった。八尋、飲み物くれ。冷たいやつ」

「うん。長嶺さんは何を飲まれますか?」

「私はコーヒーをお願いします。ブラックで」

「はい」

大きなテーブルに大量の書類を並べ、帝人と長嶺はいつもどおり仕事をする。

二人の間に交わされるのは必要最小限の言葉だけで、無駄口はいっさい叩かずに自分たちの仕事に集中していた。

帝人が入院して、一番大変なのは長嶺だ。帝人の秘書は他にも二人いるが、長嶺ほどの能力と権限を持っていないため、どうしても負担が伸しかかる。会社で睨みを利かせる必要もあり、病院と会社を行き来することになった。

第二秘書と第三秘書が入れ替わり立ち替わり出入りしては、メッセンジャー役を務めているため、入院中とはとても思えないほど慌しい病人になる。

特別室にはキッチンもある。病院食が口に合わないと言って、わざわざコックを連れてきて作らせる患者も少なくないそうだ。

付き添い用にちゃんとしたベッドもあるから、八尋は時折着替えを取りに戻る以外はここに泊まり込んでいた。

そんなふうにして、すでに入院生活も三日目になる。

講義を終えた八尋が急いで大学を出ると、迎えの車が待っている。

八尋はいらないと言ったのだが、病院まで地下鉄では乗り換えもあるし、ボディーガードの人間のためにも車を使えと帝人に言われたのである。前後を車に挟まれて送られるのは申し訳ない感じがしたが、そのほうが安心できると言われてしまうと無下に断ることもできない。

病院まで送ってもらって急いで帝人の病室に行くと、若く化粧の濃い看護師が帝人に迫っているところだった。

ナース服の胸元をやけに大きく開け、甘ったるい声で「喉が渇いてませんかぁ～？」などと言いながらベッドに腰掛けていたのである。

　八尋はムッとして聞く。

「何をしているんですか？　この部屋の担当は婦長のはずですけど」

「あらぁ。何か、御用はないかと思ってー。婦長は忙しいし、代わりに私が様子を見に来たんですぅ」

「婦長に許可を取ってですか？　それとも勝手に？　確認します」

　そう言って八尋が受話器を掴むと、その看護師は慌ててベッドから下りる。そして八尋を憎々しげに睨みつけながらフンッと言って、足音も高く病室から出ていった。

「看護師の躾《しつけ》、なってないな……」

「長嶺が席を外した隙に入り込んできたんだ。どうやって警備の目を盗んだのか調べさせないとな。いくら病院関係者とはいえ、やすやす潜り込まれるようじゃ困る。見た目どおりのアホで無害な女とは限らないからな」

「鬱陶しいしね」

「まぁ、そうだ。来る前にたっぷり振りかけてきたのか、香水の匂いで鼻が曲がりそうだった。ああ、この匂いを辿ればあの女の潜入ルートが分かるかもしれないな」

「うん、確かに臭い」

　帝人が入院している特別室の窓は防弾ガラスで、簡単には開けられないようになっている。

せっかく防弾なのに、窓を開けていては意味がないからだ。

八尋は匂いを消すため、空気清浄機を強にした。

「今日、何が食べたい？」

「冷蔵庫に霜降りのステーキ肉が入ってる。それを焼いて、あとはサッパリしたもんが欲しいな」

「んー…じゃあ、食べやすいようにステーキ丼にして、浅漬けも漬けようかな。あと、お浸しでも作って……」

「それなら、セリがいいな。あれ、旨かった」

「セリね。分かった」

入院中の帝人は、朝・昼・晩と八尋の作った料理を食べている。そのせいかすこぶる機嫌が良く、八尋が大学に行っている間は何を食べようか考えながら仕事をしているらしい。

それに夜も怪我のせいで疲れるのと、飲んでいる薬のおかげでぐっすりで、入院前よりも元気な様子だ。

けれどやはり利き腕を使えないために帝人はずいぶん不自由することになったが、それを理由に好き勝手するのも忘れなかった。

ちゃんとフォークとスプーンで食べられるようにしているにもかかわらず、疲れたと言って八尋に食べさせようとする。自分を庇って怪我をしたという弱みのある八尋は、怒ることなく仕方ないなーと口に運んでやるのだ。

一緒に夕食を食べてから帰る長嶺も最初は呆れてからかったが、帝人がふんぞり返って「羨ましいだろう」などと言うと、からかうのがバカバカしくなるらしい。時折揶揄するような目で見る以外、特に何も言うことなく和やかな食事風景だった。

そして、夜。

その日のノルマとして長嶺に与えられたぶんの仕事を終えると、ようやくゆっくりできる時間がやってくる。

「はー…疲れた。長嶺のやつ、鬼か。怪我人にこんな大量の仕事を置いていくとは」

「お疲れさま。何か飲む?」

八尋が笑いながら聞くと、帝人は右の肩を揉みながら頷く。

「そうだな。熱い紅茶を淹れてくれ。アールグレイ」

「分かった」

茶葉もいろいろ取り揃えている。

八尋はポットではなくヤカンでお湯を沸かし、二人ぶんをカップに注ぐ。

「うん、いい香りだ」

帝人が仕事をしている間、八尋は基樹の家の執事から送ってもらった本を読んでいる。時折分からない単語が出てくるから、辞書を引きながらの読書だ。

帝人と基樹の二人から英語力を活用してはどうかと言われたこともあり、それを意識しながら読んでいた。

「あのさ…実は、基樹にも翻訳家になるなんてどうだって言われたんだよね。本を読むのが好きだし、家でできる仕事だから」

「翻訳家か……」

「そう。帝人はどう思う?」

「いいんじゃないか。家でできるっていうのが気に入った。お前のことだから、専業主婦は嫌がりそうだしな」

「専業主婦……」

なんとも違和感のある言葉に、八尋は眉を寄せる。

「俺にとっては、そのほうがありがたいんだけどな。お前が外をふらつくと、余計なトラブルを背負い込みそうで」

「失礼な……」

「ストーカーをくっつけて歩き回っているやつが何を言う。短期間に五人も六人もストーカーを作られるより、おとなしく家にこもってくれるのが一番って考えて当然だろう。その点、翻訳なら家でできるから最適だ。ああ、どうせなら一番最初に、ビジネス用語を勉強してくれ。そうしたら、うちの会社の仕事、ガンガン回してやるから。極秘資料なんかだと、滅多な人間しないから不自由してるんだよ。だからって俺がいちいち訳すわけにもいかないしな」

「そうしたら、帝人の仕事を手伝える？」

「ああ。すごく助かる」

「じゃあ、がんばる」

手に職を持つというだけではなく、帝人の助けになるのは嬉しい。

今だってひどく忙しそうにしている帝人や長嶺の手伝いをしたいと思っているのだが、八尋には何もできない。下手に手伝うと言ってしまえば説明のための手間をかけさせることになるので、食事を作ったり飲み物を出したりすることくらいしかできなかった。

八尋は自分の将来の道を決めた。あとは邁進するだけだ。

少しでも早く帝人の仕事を手伝えるように、明日にでもビジネス用語の辞書やその他の手引書を買ってこようと思う。

「がんばるのはいいが、がんばりすぎるなよ。お前、真面目すぎるところがあるからな」

「うーん、まぁ、ほどほどにがんばる。ところで帝人、お風呂は？」

「入る」

帝人が風呂に入るためには、ギプスをビニールで包んで濡れないようにしなければならない。

八尋はサササッと手早く準備をし、風呂へと送り出した。そして後片付けをしたり、翌日の朝食や弁当のための仕込みをするのだ。

それらが終わる頃に帝人が風呂から上がってくるから、今度は帝人の濡れた髪をドライヤーで乾かし、入れ替わりに八尋も入浴をする。ユニットバスではなくきちんとした湯船だから、足を伸ばしてゆっくり入れるのが嬉しい。

普段と同じようにのんびり浸かって戻ると、帝人は薬が効いて眠りの世界にいるはずなのだが、この日は違った。

バスローブ姿のままベッドヘッドに凭《もた》れかかり、八尋を手招きする。

「あれ？　寝てないんだ」

「薬を変えさせたからな。前のは、飲むと眠くなって敵わなかった」

「そのぶんぐっすり眠れるんだから、いいことだよ。たった三日の入院で、前より顔色がよくなってるしね」

「嬉しくないね。俺は、薬で眠らされるのなんかごめんなんだよ。それに、八尋も抱けないしな」

「………」

「たかがヒビだぞ？　いい年したおっさんどもに今にも泣きだしそうな勢いで懇願されたからしぶしぶ入院しているが、本当なら家に帰って普通に生活したいんだ」

「確かにヒビですんだのは幸運だったけど、骨折よりも治りにくいって分かってる？　無理して日常生活をこなそうとすると、本当に骨折なんてことになりかねないんだから」

　その言葉に帝人はニヤリと笑う。あまりタチの良くない笑みで、こういう表情をしたときは要注意だ。

「そうだろう？　お前も、無理はしちゃいけないって思うよな。でも俺は、右腕のヒビ以外は健康体で、十八のやりたい盛りだ。健全な生活をしていて我慢しすぎると、体に悪いってことも分かるだろう？」

「そう…だろうけど……。ここ、病院だよ。帝人は怪我で入院中の患者。たかが一週間なんだから、それくらい我慢すれば？」

「できない」

　いっそ潔いと感心したくなるほど、帝人はきっぱりと断言する。

　しかしだからといってそう簡単に同意できないのは、やはりここが病院だからだ。部屋の中には帝人と八尋の二人しかいなくても、外にはボディーガードが待機している。そんな場所で性行為に及べるほど八尋は神経が太くできていなかった。

「無理だからっ。ボディーガードの人たちがいるのに、絶対無理！」

「やつらは部屋の外だ。防音がきっちりされているから、声を聞かれる心配はないぞ。八尋が気にしなければいいだけの話だ」

「気になるよっ！」

帝人とは違うのだ。そういったことに人並みに羞恥を感じる八尋にとって、密室で行われるべき行為が他人の耳に届くなどもってのほかだった。

「気にするな。俺は、何がなんでもするからな」

「……何がなんでも?」

「ああ。何がなんでも。多少怪我の治りが遅くなることもいとわない」

それは困る…と八尋が言葉に詰まる。

「お前の暴れ方しだいで、俺の完治までの日数が決まるわけだ。いいぞー、べつに。一週間やそこら延びても。さすがにヒビが骨折になるのはまずいけどな」

「………」

もし医者や両親に悪化した原因を聞かれたら、露悪的なところのある帝人はあっさりと赤裸々に答えるに違いない。しかも絶対に、八尋にも話を振るに決まっていた。

「どうする、八尋? お前を庇ってヒビの入ったこの腕を、骨折にしてみるか?」

「うっ……」

いかにも楽しそうな帝人の表情が、八尋を怯ませ、悩ませる。八尋を庇って…というところを突かれると、負い目のある八尋には拒絶しにくい。しかも帝人は、その負い目を存分に利用するつもりなのだ。

帝人がしつこく言うとおり、八尋のせいで利き腕である右腕に怪我をしてしまった。それゆえに八尋は、非常に嫌な予感を覚えながらも聞くしかなかった。

「……何しろって？」

「服を脱いでうつ伏せになって、腰を上げて、自分で尻を開くんだ」

「なっ――!?」

絶句する八尋に、帝人は楽しそうになおも言う。

「舐めて解してやりたくても、腕がこれだからな。自分で尻を開いてもらわないと、何もできない」

「あ、安静に寝るっていう手が……」

諦め悪く八尋が訴えるが、帝人は鼻で笑った。

「何日、禁欲生活を送っていると思ってるんだ？　その気になった十代の体が、何もせずに収まると思うか？」

「うっ……」

ずるい、卑怯だと八尋が訴えかけようとすると、これ見よがしにギプスの嵌まった腕を上げて指をヒラヒラさせる。

「ああ～腕が痛い。動かすと、ズキズキ痛むんだよな～。無理したら悪化して、ヒビが大きくなったり折れたりするのか？」

「ううっ…卑怯者～……」

情けない声で唸りながら悔しそうに睨みつける八尋に、帝人はニヤリと笑う。

「お前のそういう顔、いいよな。そそられる。思いっきり啼《な》かせたくなるから、気をつけたほうがいいぞ」

「……………」

「ほら、来いよ。お前だって、そろそろ飢え始めている頃だろう？　そういう体にしたのは俺だからな」

その憎たらしい表情とセリフに、殴ってやりたいと思わず拳を握り締める八尋だが、目の前に怪我した腕を見せつけられると我慢するしかなくなる。

「ほらほら、脱いで」

「うーっ」

唸りながらも八尋は、しぶしぶパジャマに手をかける。一つ二つとボタンを外し、上衣を脱ぎ捨てる段になって言う。

「電気、消してほしいんだけど」

「ダメだ。久しぶりに、よーく見たいからな。それに、暗いとうっかり右腕が下敷きになるなんてこともありえるだろう？　危険だからな」

「しないよ、そんなこと」

「夢中になると分からないぞ。暗いと注意力も散漫になるしな」

それらしいことを言っているが、要は帝人が明るい中でやりたいだけだ。八尋にもそれは分かっているものの、こういった口論ではいつも帝人に負ける。

今も、絶対にないと言えるか…などと聞かれ、答えられなかった。

なにしろ帝人と八尋では体力差が大きいので、大抵八尋のほうが翻弄される。途中から、わけが分からず喘がされるというのもしょっちゅうだ。そんなときに、なんらかの動きで帝人の右腕にダメージを与える可能性がないとは言えなかった。

「……分かったよ。もう、好きにすれば？」

すっかりその気になった帝人に逆らうのが面倒になり、八尋も覚悟を決める。

明るい電灯の下でやる恥ずかしさはこの際考えないことにした。

「よしよし、いい覚悟だ。じゃあ。まずは全部脱ごうな」

「………」

少しばかりふてくされた表情で、八尋はバサリとパジャマを脱ぎ捨てる。そしてズボンに手をかけ、下着ごと一気に取り払った。

それらを椅子に放り投げると、そのままベッドに上がって帝人に伸しかかる。

「脱いだよ」

「どうせならもう少し色気のある脱ぎ方をしてほしかったけどな」

「ストリッパーみたいに？　そこまでサービスする気、ないから」

「じゃあ、今度の俺の誕生日はストリッパー八尋の出張サービスで。うちの系列に、ラブホはなかったかな？　ピンクのライトとかよくないか？」

「な、何考えてるんだよ。そんなこと、絶対しないから」

「誕生日に俺の望みを叶えるのは当然のことだ。なんなら、お前の誕生日には俺がストリッパーとしてサービスを――」

「心の底からいらないっ！　ボクはそんなもの、カケラも望んでないから」

「じゃあ、誕生日までに何をしてほしいか考えておけよ。俺のはもう決定だ」

「……………」

　クリスマスや誕生日、ホワイトデーなどの記念日のたびに変なことをさせられているような気がする八尋である。

　文化祭のときに着る羽目になったメイド服で味をしめたのか、帝人は事あるごとに八尋にコスプレさせようとした。

　おかげで帝人のパソコンの中には、危険な写真が山ほどあるらしい。

　デジカメにはいっさいデータを残していないし、パスワードを一文字でも間違えるとデータが壊れる設定になっているらしいが、どんな写真が入っているのか考えるのが怖い。

「……記念日恐怖症になりそう……」

「そんなこと言って、いつも結構楽しそうだぞ」

「た、楽しくないっ‼」

「まぁ、まだ時間はあるから、その間に覚悟を決めればいいさ。それに、どんなふうに見せるのかもな。曲も選んでおけよ」

「……………」

自分の誕生日に八尋にストリップさせるのはもう決定したらしい帝人に対し、八尋はいかに逃げるか考える必要があった。

「今は、とりあえずこっちのほうをなんとかしないと」

そう言って帝人が指差すその先には、バスローブの生地がこんもりと盛り上がっている下半身がある。

「俺が何をしてほしいか分かってるよな？」

「うう……」

ほんの数分前に言われたばかりなので、あいにくまだ忘れていない。

八尋は、覚悟は決めたはずだ…と自分に言い聞かせ、帝人に尻を向ける形で膝をつき、ためらいながらも腰を上げる。

「もっと高くだ。それじゃよく見えないだろう」

「………」

八尋は唇を嚙み締め、グイッと腰を持ち上げる。そして何も考えないようにして、指で双丘を開いた。

恥ずかしさが怒濤《どとう》のように押し寄せる。左腕だけで支えた体は自然と前のめりになり、嫌でも帝人の目前に腰を突き出すことになった。

「いい眺めだな」

笑いながらそんなことを言ったかと思うと、蕾にヒヤリとする冷たさを感じ、八尋はビクッと身を竦ませる。

「やっ…何、これ!?」

液体でもなく、帝人の指の感触でもない。ジェルはもう何度も使っているが、それとはまったく違った感覚だった。

「オイルキューブだ。中を濡らすだけでなく、媚薬効果もあるそうだから、利き腕の使えない今の状況にはピッタリだろう?」

「び、媚薬!?　なんでそんなものを……」

「うちの執事補佐が、必要だからと持ってきてくれた。実に気の利く親子だ。あいつ、将来は間違いなく父親そっくりのタヌキオヤジになるな」

「気が利きすぎだよ!」

主の夜の事情まで考えなくていいと、八尋は憤る。

しかし優秀な執事である彼らにとって、夜の生活も立派に主の健康管理のうちなのだ。特に一週間もの入院中、帝人が禁欲生活を送るとは考えていないに違いない。

細かな雑事の中には病院の薬局へ新たな薬を受け取りに行くことも入っていただろうし、主が張り切って行為に及ぶのは自明の理なので、その助けになるものを用意するのは彼らにとっては当然のことだった。

オイルの実用性に媚薬という娯楽を加えたのは、きっと主の趣味を考えてである。帝人にサドッ気があるのは日頃の言動で分かるから、余計な気も利かせてくれたらしい。

しかも帝人も恥ずかしげもなくそんなものを受け取って、嬉々として使うのだから実に迷惑な主従だ。

「小さなもんだから、ツルリと入るな。もう、一つ入れてやろう」

「や…やだっ」

「遠慮するな。こういうのも楽しいだろ」

「バカッ！」

憤る八尋に対し、帝人は笑い声を上げる。そして鼻歌を歌いながら、一つ二つと八尋の蕾の中にキューブを押し込んだ。

「やっ…なんか、溶けてきた……」

「オイルだからな。しっかり締めておかないと、零れてくるぞ」

「くぅ、っ」

喉から甘い鳴き声を漏らしながら、八尋は必死で尻に力を込める。

体が熱くなってきた。しかし体内に生まれたのは不自然な熱で、八尋に激しい焦燥感を覚えさせる。

「あっ…ふぅぅん」

無意識のうちに腰が揺れる。

「どうした？　もう我慢できないのか？」

「早く、早く、来て…っ」

「あまりでかい声を出すと、外に聞こえるぞ」

笑いながらそう言われ、八尋がハッと我に返る。

「――っ」

帝人はニヤニヤ笑いながらゴロリと八尋の隣に横になり、実に楽しそうに言う。

「俺は腕を怪我をしているから、八尋が乗っかって入れろよ」

「………」

八尋は騎乗位があまり好きではない。自分で位置を決め、腰を落として帝人の高ぶりを受け入れることに、激しい羞恥を覚えるからだ。理性が飛んでいるときならいいが、こんなふうに我に返ったあとではつらいものがある。

当然帝人はそのことを承知のうえで、わざと八尋に状況を思い出させたのだ。

なんて性格の悪い…と思っても、どうせ文句を言ったところで帝人には通じない。また恩着せがましく八尋を庇ったことを強調されるだけだ。それに迂闊なことを言うと、余計に恥ずかしい思いをさせられることも多かった。

体内の熱も我慢できないまでに高まっているし、八尋は無言のうちにノロノロと向きを変えて寝そべった帝人の腰に跨《またが》る。

バスローブの前を広げればすでに隆々としたものが現れて、飢えた状態の八尋は浅ましくもコクリと喉を鳴らした。

手の中に包み、濡らす意味も込めて唇に含む。これで突かれることを考えると、思わず淫らに腰が揺れた。

八尋はさらに大きくなった帝人のものから唇を離し、腰を落として位置を決める。とろけた蕾に先端を押し当てると、大きく深呼吸をしてグッと腰を沈めた。

「んんっ」

いくら体が欲しがっていても、やはりひときわ大きな先端部分を受け入れるのは苦しい。しかしそれ以上に、奥を突いてほしいという欲望が上回った。

八尋は眉を寄せてゆっくり腰を落とし、ズズズッと長大なものを呑みこんでいく。帝人がまったく動いてくれないから、自分でなんとかするしかなかった。

ようやく最後まで収めてホッと吐息を漏らす八尋の耳に、帝人の楽しそうな声が届く。

「怪我が治るまでは、騎乗位が基本だな。しっかり腰を振るんだぞ。それに、この腕だから八尋にはいろいろがんばってもらわないとなー」

「………」

それでなくても俺様な性格に、怪我をしたことで拍車がかかったような気がする。帝人が庇ってくれたのは嬉しいが、代償は大きなものになりそうだ。

実際に帝人は、利き腕を怪我したという事実を大いに武器にした。

いろいろの中身は他愛のないものから恥ずかしいものまで幅広く、特に夜の注文は山ほどあったのである。

八尋が嫌だと言えば、わざとらしく、「ああ、腕が痛い」などと言って、八尋を好きなように使うのだった。

八尋にとっては災難でしかないが、帝人にとってはかなり楽しい怪我人生活になった。

初めてのベビードール

★
★
★

鷹司帝人《たかつかさていと》は、有言実行の人間である。

いくつもの巨大企業を束ねる鷹司家の次男として生まれ、周囲に傅《かしず》かれて育ったせいかかなり俺様な性格だが、言ったことは実行する行動力と高い能力の持ち主だ。それだけに一緒に暮らしている八尋《やひろ》にとっては迷惑なことも多く、ときに帝人の発言にはひやひやさせられている。

ようやく帝人の仕事が落ち着いてきた六月。まだ梅雨入りしていないため、天気の良い日が続いている。

帝人の帰りを待ってからだから少し遅めの時間になってしまうとはいえ、毎晩一緒に夕食を摂れている八尋は上機嫌だった。

久しぶりに丸一日なんの予定も入っていない休日の土曜日は、二人でゆっくり寝坊することにする。昼の十二時を少し回ったところでようやく起き出し、帝人に映画でも観に行くかと言われて外に出る。

いちいち車を呼ぶのも面倒だから、最近すっかり慣れた地下鉄を使って映画館まで行くことになった。

おそらく帝人と八尋のボディーガードもついてきているのだろうが、八尋のためになるべく姿を見せないようにしてくれていた。

だから八尋も、極力気にしないようにする。

「なんか、こういうのって新鮮」

「こういうの？」

「休みの日に、のんびり外出すること。映画自体も久しぶりだし、今、面白いのって何がやってるんだろう……」

急に出かけることになったから、どういう上映作品があるのか調べていない。

二人は映画館に着くと、ズラズラと並んだラインナップを前にあれやこれや話しながら観るものを決めた。

あいにく目当ての映画は少し前に始まったばかりなので、次の回のチケットを購入してランチに向かうことにする。

さすがに週末の昼時だけあって、どこもそこそこ混み合っている。

「何、食べる？」

「俺はなんでもいいぞ」

「んー…じゃあ、イタリアンかフレンチ。和食や洋食は、自分で作れるからなー」

「ああ、なら、この前仕事で行ったイタリアンの店が近くにある。試食を兼ねて食ったんだが、シェフがいい腕してた。もう一回食いたいと思ってたところなんだよ」

「へー。帝人がそんなこと言うなんて、興味あるな」

そこは歩いて五、六分という場所にあるイタリアンレストランだ。作られたばかりのファッションビルの最上階にあり、あきらかにこの階だけ他のフロアーとは違う、格式の高い造りになっている。

見るからに高級な店で、シャツにパンツという軽装の八尋は思わず怯んでしまう。

「こ…ここ？　いくらランチタイムとはいえ、ドレスコードがありそうなんだけど。そもそも、予約なしで入れるわけ？」

「気にするな。うちの系列の店だからな。それに急なゲストのために、常に個室が一つ空けてあるんだ」

「………」

試食というのはそういう意味だったのかと、改めて鷹司家の多岐にわたる業種を思い知る。

「そういえば、レストランやホテルも持っているんだっけ……」

「伝統的な、どっしりとしたイタリアンを作るシェフだから、コースの一品ずつの量を抑える代わりに、品数を増やさせた。女はそういうの、好きだろう？　女性客に受け入れられれば、飲食店は成功するからな。ターゲットは二十代から五十代の女性だ。グラスワインの種類も増やして、いろいろ試せるようにした」

「へぇ」

帝人の言うとおり、内装も女性好みな感じだ。華美というわけではないのだが、重厚さを抑えて華やかな雰囲気にしている。

入口で出迎えた黒服の男性が、帝人の顔を見てニッコリと微笑む。

「これはこれは、鷹司様。ご来店、ありがとうございます」

「この間の料理がとても美味しかったので、また食べたくなって来ました。二人なのですが、大丈夫ですか？」

「はい、もちろんです。こちらにどうぞ」

案内されたのは、店の奥まった場所にある個室だ。観葉植物などで上手く隠され、他の客からは見られないでも行けるようになっているあたり、著名人の来店を想定しているのかもしれない。

席に着くと帝人は、メニューも開かずに言う。

「二人とも好き嫌いはないので、シェフのお任せでお願いします。八尋、飲み物は何にする？」

「オレンジジュースとお水で」

「では、それを二つ。確か、ブラッディーオレンジがありましたよね」

「はい、ございます」

「では、それで」

「かしこまりました」

深々と礼をして黒服の男性が出ていくと、八尋はハーッと大きく息を吐き出す。

「……映画の前にちょっとランチ…っていう気楽な気持ちだったのに、こんな格式の高そうな店に連れてこられるとは……」

「どうせ食うなら、旨いほうがいいだろう。リクエストどおり、作ろうとしても作れない絶品料理だ」

「うん。こうなったら、帝人が絶賛する料理を堪能《たんのう》することにする」

個室だから人目を気にしなくていいし、昼時で混み合った店にいるよりいいかもしれない。

八尋は開き直って、オードブルから始まるコース料理を楽しんだ。

二種類のソースで楽しむ鱸《すずき》のカルパッチョからパスタ、魚と肉のメイン料理、デザートの盛り合わせ、口直しに至るまで完璧な出来だった。

イタリア料理の伝統を守りながら旬の食材を使った料理の数々に、店を出た八尋はすっかり上機嫌である。

「すっごく、美味しかった。特に口直しのシャーベットは、まさしく桃っていう感じで、それがシャンパンシャーベットのおかげでさっぱりとした口当たりになってて…本当に絶品だったなぁ」

「な、旨いだろう？　気に入ると思ったんだよ」

「うん。確かに、また来たいって思った。映画館とも近いし、先にチケットを取って、あの店でランチっていいね」

「そうだな。これからは、なるべく週末はちゃんと休む予定だし、また来るとしよう」

「うん」

また一つ楽しみが増えた。

帝人が忙しくしていた間に行きたいところをいくつもピックアップしていた八尋は、それらを帝人と一つずつ回るのが楽しみだった。

もちろん、こんなふうに好きな時間に起きてフラリと出かけるのも嬉しい。自分では作れないような手の込んだ料理を食べて、好みの映画を観てのんびりするのだ。

高校を卒業してからの帝人があまりにも忙しかったため、二人でいられるだけでも充分嬉しかった。

余裕を持って映画館に戻り、スペシャルボックスシートのための待合室に入る。飲み物も軽食も注文できるが、満腹だった二人は何も頼むことなくまったり過ごした。

上映時間が近くなると、席へと案内される。

ボックス席はバルコニーのようになっているが周囲からは隔絶されていて、大勢の客がいる映画館の中にあってもプライバシーが保てるようになっている。

案内係の女性が飲み物とポップコーンを置いて立ち去る。二人きりになり場内が暗くなると、抱き寄せられるまま八尋は帝人にくっついた。

帝人の多忙と心のすれ違いが解消したあとの八尋は、恋人同士になった直後よりもよっぽどベタベタとくっついていたがった。

もちろん帝人もそんな八尋を大歓迎で、ここのところまるで新婚さながらのいちゃつきぶりである。

映画を観ている間も、人目がないのをいいことに八尋を膝の上に乗せてポップコーンやら飲み物やらを互いの口に運んだりする。

今までの八尋なら恥ずかしがって怒っているところだが、帝人が利き腕を怪我したことで食べさせるのにすっかり慣れてしまっていた。

あの事故のときの、帝人を失うかもしれないという恐怖が、今こうして二人でいられる幸せを教えてくれる。

それゆえに八尋は、事あるごとにこうして帝人にくっついては、そこにいることを確認するのだった。


映画を観たあとは、近くのカフェに入ってあれこれ感想を話し合う。あそこがよかった、ここが面白かった、あれは変じゃないかと、他愛もない話である。

八尋と帝人は基本的な性格はまったくと言っていいほど違うが、それでも感性には似たところがあって、映画の好みはかなり近かった。

「ああ、でも、やっぱり映画館はいいね。映像と音の迫力が全然違う」

「もっと広い部屋に引っ越して、ホームシアターを造らせるか？　それとも、家を買うか？」

それを冗談だと受け止めて迂闊な返事をすると、恐ろしいことになる。

今の部屋でも八尋は二人で住むには広すぎると思っているのだが、帝人の感覚だとこぢんまりした部屋になるようなのだ。ただ、家事を自分でしたがる八尋のために、部屋を用意させるに当たってあまり広くないほうがいいと注文をつけたらしい。

「もう充分広いから。家なんて買ったら、掃除するだけでうんざりする」

どうせ帝人の考える家は、八尋からすれば邸宅といえるものに決まっている。

「今の部屋は気に入ってるし、映画は映画館で見ればいいんだよ。こうして出かけるのも楽しみの一つなんだから」

「それもそうか」

「そうそう。なんでも家にあると、出るのが面倒になるしね」

揃えられるだけの財力がある相手だから、必要がないものはないとはっきり言っておかなければいけない。でないと、気を利かせて買いかねないから怖いのだ。

「それより、これからどうする？　ランチでフルコースを食べたから、夜ご飯とか入らない感じなんだけど」

「なら、適当に惣菜でも買っていって、テレビを見ながら摘むか？」

「あ、いいねー、それ。一度、デパ地下でちょっとずつ買ってみたかったんだ。でも、そのためにわざわざ電車を降りてデパートに行くのも面倒だし、機会を窺ってたんだよね」

幸い、ここなら少し歩けばデパートがいくつも点在している。

八尋はニュースの特集で見た、惣菜売り場に力を入れているというデパートに帝人を連れていく。

「うわー…人、多いなー……」

広いフロアーが、人でごった返している。

帝人は早くもうんざりしているようだが、もうすっかりその気になっている八尋は帝人の手を引っ張って突入した。

かわいそうなのはボディーガードたちだ。いつもは目立たないようにしている彼らも、さすがに圧倒的に女性客の多いこの場所では異彩を放っている。

「一、二、三…ボディーガードって、五人もついてるんだ。いくらなんでもちょっと多くない？」

「今日は二人で行動しているから、これでも少ないほうだ。別々のときはもっと多い」

「そうなんだ…なんだか申し訳ない感じ……」

「どうしてだ？　それが彼らの仕事だぞ。申し訳ないからといってお前が引きこもりにでもなったら、彼らは失業だ。そのほうがよっぽど申し訳ないだろうが」

「……なるほど。納得。こうやってボクたちを守ることが仕事か……」

「そういうことだ。だから、おかしな心配はしなくていい。それにこういうのが好きで仕事にしている連中が多いから、お前のストーカーを捕まえるのは楽しかったらしいぞ。ガードする人間に何かあったら困るが、何もなさすぎるのもつまらないんだろうな」

「……ボクは、何もないほうがいいんだけど」

「もちろんだ。だから、腕利きを雇ってる。実際、捕まえたストーカーの数が着々と増えてるしな。ああ、そういえば、この前ガキを捕まえて厳重注意したらしいぞ。小五だが、マンションの中にまで入り込もうとしていたそうだ。上は六十五歳、下は十一歳、中神さんの色気は年齢を問いませんね…と警備主任に言われた」

「六十五歳から十一歳……？　き、聞いてないよ、そんなの」

「言ってないからな。いちいち報告書を持ってくるのも面倒だし、八尋だって見たくないだろう？」

「うっ…まぁ、確かに。六十五…十一……」

八尋は呟いて、プルプルと首を振る。

「か、考えたくない。だから、考えないっ。ボクはここに、美味しいお惣菜を買いに来たんだから。ほら、帝人、何がいい!?」

必死な八尋を、帝人は面白そうな表情で眺めるが、特に突っ込むことなく話に乗ってやる。

「その、チーズとトマトの重ね焼きと、ローストビーフ」

「ボクは、海鮮のマリネかな」

すみませーんと声をかけて、それらを少しずつ購入する。

「さ、次。煮込みとか、中華系も欲しいかな。あっ、肉団子食べたい」

夕食はいらないと言ったくせに、八尋は目の前の料理にすっかり心を奪われている。量り売りだから、肉団子を二つという注文にも快く応じてもらえるのが嬉しい。

はしゃいであちこちを見ては買い込む八尋に付き合って、帝人もしっかり気に入ったものを買って荷物が増えていく。

二人が両手いっぱいに袋を提げてデパートを出ると、そこには見慣れた車と人間が待ち構えていた。

「帝人様、八尋様、どうぞお乗りください。お荷物はトランクにお入れしますか?」

「いや、いい。大した量じゃないからな」

驚くでもなく平然と乗り込む帝人に続いてリアシートに座った八尋は、眉を寄せて聞く。

「今日、車は呼んでないんじゃなかった?」

「俺たちが次々と買い込むのを見て、ボディーガードが連絡したんだろう」

「ボディーガードって、護衛だけするんじゃないんだ……」

「気が回らないような人間は、ボディーガードには向いてないからな。それに連中としても、俺たちが車に乗ってくれるのはありがたいんだろう。電車や人混みはガードをしづらいから」

「うーん…本当は、ボクたちが地下鉄で通学するのも困るんだろうね」

「気にするな。雇い主の都合に合わせるのも彼らの仕事のうちだ。撒こうとしないだけでも、俺たちなんか扱いやすいほうだぞ」

　その言葉に、八尋は首を傾げる。

「そうなの？　でも、なんでボディーガードを撒くわけ？」

「夜遊びをするのに、ボディーガードは邪魔だからな。クラブで女を引っ掛けるのに、ボディーガードの監視つきじゃ楽しくないだろう？　おまけに全部親に報告されて嬉しいやつがいるか？」

「な、なるほど…それは嫌かも」

　真剣な交際ならともかく、ちょっとした火遊びの一つ一つを監視され、事細かに報告されては敵わない。

「ようやく山の中から街に戻ってこられたんだから、みんな遊びたいだろうし、ボディーガードの人たちも大変だろうなぁ」

「だから、俺たちなんて楽なほうなんだよ。こうしておとなしく車に乗ってやるしな。実に物分かりのいい客だ」

「うう〜ん？」

その言い分にはいま一つ納得できないと、八尋は首を捻る。帝人には、おとなしいとか物分かりがいいといった言葉とは無縁な気がした。

「電車で帰るのが面倒だっただけじゃないのかな？」

「それもある。こんな荷物を持って人混みを歩くのは鬱陶しいからな」

「やっぱりね」

おとなしいわけでも物分かりがいいわけでもなく、ただ単に自分の都合とボディーガードの思惑が一致しただけの話だ。でなければ帝人が、唯々諾々と従うはずがない。嫌なら相手を殴り倒してでも意思を通す性格である。

「まぁ、でも、確かにこの荷物を持って歩くの大変だからありがたいけど」

大した道のりではないとはいえ、荷物が邪魔で歩きにくい。それゆえに八尋も感謝して素直に送られたのだった。

車がマンションに着くと、八尋は運転手に礼を言って車を降りる。そしてエレベーターに乗り、自分たちの部屋に戻った。

八尋は部屋の明かりを点けて回りながら、ついでに浴槽の給湯スイッチも押す。スイッチ一つで給湯できるし、いっぱいになれば勝手に止まってくれるのでとても楽だ。

キッチンで手を洗うと、買ってきた惣菜を皿に移して簡単に盛りつける。

「帝人～、何飲む？」

「コーラ」

「分かった」

八尋は二人ぶんのコップに氷を入れ、コーラのボトルや食べ物をトレーいっぱいに載せてリビングに行く。

「お待たせ」

帝人はソファーに胡坐をかいて座り、ＤＶＤのリモコンをいじっている。八尋が録り溜めた中から気に入るものを見つけ、それを再生した。

「お、旨そうだな」

「種類はゴチャゴチャだけどね。和洋中、全部取り混ぜて買ってきたから」

「旨けりゃいいんだよ」

そう言って帝人は箸を伸ばし、ローストビーフを口に放り込む。

「うん、旨い」

「帝人は肉好きだから。ボクはどっちかというと魚派かな」

そう言って、マリネの中から烏賊《いか》を摘んで食べる。

「んー…サッパリしてていいかも。ついたくさん買ってきちゃったけど、ランチが胃にまだ入ってる感じだからなぁ」

「テレビでも見ながらだらだら食えばいいさ。どうせ明日も休みなんだ」

「だよね。のんびりできて嬉しい。帝人ってばずっと忙しかったから、こんなふうにゆっくりできるの、入院のときくらいだったし」

「これからは、なるべく週末は休むようにするから大丈夫だ」

「うん。仕事がようやく落ち着いたみたいで良かった」

「三カ月、馬車馬のごとく働いたからな。あんなのは当分ごめんだ」

さすがの帝人も顔をしかめる。

「体に悪いしね。大学がなければ、もっと楽なんだろうけど」

「日本にはスキップ制度がないから仕方ない。それにお前を一人で大学にやるのは心配だしな」

「べつに、平気だよ。……たぶん」

思わず弱気になったのは、相変わらず大学からの帰り道で声をかけられているからだ。

ボディーガードがついていてくれるのが分かっているから不安にはならないが、もし八尋が一人で大学に通っていたら、帰り道だけではすまないだろう。講義中や休み時間も鬱陶しい男たちにまとわりつかれるような気がする。

やはり、帝人のような効果的な虫除けが欲しいところだ。帝人がいるとうるさい女たちが寄ってきて辟易するが、どこか他人事だし、欲望まみれの目つきでじっとりと眺められるよりずっといい。

「……やっぱり、大学は卒業しておいたほうがいいよ。うん」

コロリと意見を変えてそんなことを言う八尋に、帝人は胡乱《うろん》な視線を向ける。

「今、お前、自分の都合で言っただろう」

「べつに――……。帝人がいると変な男たちが寄ってこないから、盾になってちょうどいいとか思ってない」

「やっぱりか。盾になってもらって感謝してるなら、女どもを蹴散らすのに協力しろ。いつもしらんぷりしやがって」

「ボクが口を出すと、余計にキーキーうるさくなるから。帝人の睨みと一喝《いっかつ》で追い払うのが一番角が立たなくていいんだよ」

それでなくても帝人の恋人ということで目の敵にされているのに、下手な口出しをして余計に面倒なことになりたくない。まるで透明人間のように存在を無視されるほうが、いちいち突っかかってこられるよりは楽だった。

「おとなしくて優しい女の子も世の中には存在しているんだろうけど、そういう子とは接点がないからなぁ。ボクが知ってる女の子っていえば、気が強すぎたり意地悪だったり、とにかくいつも怒ってるイメージだよ」

「俺だって似たようなもんだ。積極的に媚を売ってくる女っていうのは、似たり寄ったりの性格だからな」

「女性嫌いになりそう」

「ああも鬱陶しい女ばかり目にしてちゃそれも仕方ない」

帝人は八尋の姉妹たちに会ったことがある。二人とも目の色を変えて帝人に張りつき、なんとか気に入られようとしていた。

それぞれ自分の魅力を充分に理解して誘惑していたが、その手のことに慣れている帝人は揺らいだりしない。ただ、八尋の姉妹ということで苦笑し、さり気なく二人を振り切って八尋を抱き寄せただけだ。

おかげで帝人が帰ってから八尋は二人がかりで文句を言われたが、いつものことなので無視して部屋に戻ったのだった。

そんなことを話しながら料理を摘んでいると、あっという間に時間が過ぎていく。

「うーん…もう食べられない……」

「俺はまだいける。八尋、風呂に入ってサッパリしてきたらどうだ？　腹も楽になるぞ」

「そうする」

八尋は頷いて立ち上がると、そのまま浴室に向かった。

最近お気に入りのオレンジの香りがする入浴剤を入れ、テレビを点けて見ながらのんびり入っていると、一時間くらいは出ない。ＤＶＤも見られるので、自然と長湯することが多くなった。

けれどこの日は帝人がいるので、いつもより早めに切り上げることにする。

ホカホカになった体にバスローブをまとって寝室に行き、クローゼットから下着と着替えを取ろうとした。

「……あれ？」

取っ手を引っ張っても、扉が開かない。

八尋は首を傾げながらガチャガチャ回してみたが、扉はまったく動かなかった。

「クローゼットが開かない！　なんで!?」

ウォークインタイプの広いクローゼットにカギ穴がついているのには気がついていたが、かけたことはない。そもそも八尋は、クローゼットのカギ自体を見たことがなかった。

こんなことをするのも、できるのも一人しかいない。

どういうつもりだと憤慨しながら八尋はリビングに行き、そこでだらしなく足を投げ出して座っている帝人に文句を言う。

「帝人、クローゼットが開かないんだけど」

「俺がカギをかけたからな」

「どうして!?」

「八尋にプレゼントだ」

テーブルの上の食器類は端に寄せられ、大きめの箱がドンと置かれている。

「……プレゼント?」

「お前の着替え」

この状況でそんなことを言われ、八尋の胸を嫌な予感が過ぎる。

なぜか背筋にゾクゾクとした悪寒が走り、それが風邪のひき始めの兆候だといいな…と、情けなくも現実逃避をしかけた。

「開けてみろ。なかなか凝ってるぞ」

「………」

気に入るぞ…ではなく、なかなか凝っているぞ……。

嫌な予感はさらに強くなり、ヒシヒシと八尋に迫っていた。

できれば開けたくないと思うのだが、そんなことをすれば帝人はクローゼットのカギをどこかに隠したままにするに違いない。

こんなときにはうんざりするほどの忍耐力を見せる帝人なだけに、我慢比べは八尋の負けに決まっている。

とにかく中を見なければ始まらないと、八尋はしぶしぶ箱に手をかける。

綺麗にリボンをかけられ、包装されたそれらを剝がし、ビクビクしながら蓋を開けてみた。

「――」

中には、白、赤、黒の布が入っている。

恐る恐る手前の白い布を指で摘んで持ち上げてみると、それはノースリーブのヒラヒラした服だった。

「……」

けれど、服にしてはやけに薄い。薄すぎる。向こう側が透けて見える服など、服とは言えないはずだ。それにフリルやレースがふんだんに使われているところからも、男物ではなく女物なのははっきりしている。

シャツの上から着るものなのだろうかと八尋は眉を寄せ、なぜこんなものをプレゼントしてよこすのかと怪訝に思う。

「な、何、これ」

「前に話しただろう。ベビードールだ」

「ベビードール……」

どこかで聞いた覚えがある。

記憶の中を探った八尋は、それを引っ張り出した途端、顔色を青くした。

帝人いわく、火事になっても外に逃げ出せないような色っぽい寝巻き。ものすごく楽しそうに、赤にするか黒にするかとか言っていた。

さすがにそんなものを会社のパソコンから注文するわけにいかないし、忙しくて深夜帰宅が続く日々にすっかり忘れたものだと思っていたのだが、六月に入って少し余裕ができたのをいいことに注文していたらしい。

しかも恐ろしいことに、八尋が摘んだベビードールの下には、同じ色の小さな下着もある。気のせいでなければ、ガーターベルトとストッキングもセットになっているようだ。

「……………」

ぜひ、見間違いだと思いたい八尋である。

しかしそんな八尋に、帝人が嬉々として言う。

「いいだろう、それ。共布で作られた三点セットだ。せっかくだから色ごとにデザインは別のものにしたから、そのときの気分で楽しもうな」

「なっ……！　気分ってなんだよ。こんなの着る気なんてないから！」

「八尋のことだから絶対にそう言うと思って、クローゼットのカギをかけたんだよ。お前がその気になるまで、何日でも服なしで過ごさせるぞ」

「何日でもって……」

「一週間でも、二週間でも。あまり大学を休むと留年するかもしれないけどな」

「はぁ～？　何、それ。なんの冗談？」

「本気に決まってるだろう。この手のことで俺が冗談を言うと思うか？」

「……」

なるほど、帝人は大真面目である。本気で八尋がベビードールを着るまでクローゼットを開けないつもりらしい。

「食料は俺が買ってきてやるから、いつまでだって籠城できるぞ。裸でな。そのバスローブも、俺が剝ぎ取るから」

その言葉に八尋は思わずバスローブの前をギュッとかき合わせ、冷や汗を流す。

下着さえない全裸の状態で何日も過ごすのは、八尋にとって悪夢そのものだ。想像するのも恐ろしい。

「ほ…本気？　本気で本気⁉　本気でボクのこと、裸で監禁するつもり？」

「監禁なんてしないぞ。裸にはするが」

「裸にされたら、外なんて出られるわけないだろっ。監禁してるのと一緒だ！」

「べつに、カギをかけて閉じ込めるわけじゃないしな。本当に嫌なら、裸のまま助けを求めればいいだけの話だ」

「できるかっ‼」

「なら、楽しい全裸生活だな。それじゃ、とりあえずそのバスローブを脱いでもらうとするか」

ニヤニヤと笑いながら八尋の胸元に手が伸びてきて、八尋は思わずギャーッという悲鳴を上げる。

「やだやだっ！　そんなもの、絶対に着ない!!」

「じゃあ、裸決定だな」

「やだっ!!」

「わがままぬかすな」

「どっちがわがままだ！」

八尋は目を吊り上げて怒りながら、なんとかバスローブを取られまいと必死の抵抗をする。

しかし八尋と帝人では、あまりにも腕力に差がありすぎる。いくら八尋が必死になったところで、帝人には到底敵わなかった。

事実、あっという間にバスローブは剝ぎ取られてしまう。

「か、返せっ！」

「ダメだ」

風呂上がりで、下着もつけていない。全裸でいる心もとなさに八尋は屈み込み、身を小さくして少しでも体を隠そうとする。

「ううっ……」

「ずっとそのままの格好でいるか、ベビードールを着るかだ。ちなみに今日は、八尋が気に入った白な」

「気に入ってない！」

ただ、近くにあったから手に取ってみただけだ。

「なんだ。黒のほうがいいのか？　それとも赤？」

分かっていて、帝人は楽しそうにそんなことを聞いてくる。その際、わざとらしいほどいやらしい視線で八尋の体をジロジロと眺め回した。

「変態！　色魔！　スケベジジイ！」

「おいおい。ジジイはおかしいだろ、ジジイは。スケベは否定しないけどな。どうしてもこれを着るのが嫌だっていうなら、エプロンでも買ってきてやろうか？　フリフリのやつ」

「……………」

それはいわゆる裸エプロンというやつだろうかと考えて、八尋はガックリと肩を落とす。

このまま裸でいても帝人を喜ばすだけで、むしろ余計な妄想を増やすぶんだけ面倒かもしれない。実際、帝人は「裸エプロンもいいな……」などと呟いていた。

「き、着るから…バスローブ返せ」

「バスローブなんて必要ないだろう」

「いる！　こんなの…帝人の前でなんか絶対に着ないからな。どうしても着なきゃいけないなら、一人でひっそりと着る」

「恥ずかしがりやなやつだ。まぁ、いい。着たらちゃんと見せに来いよ」

思ったよりあっさりとバスローブを返され、八尋は急いでそれを身に着ける。

ホッと安堵の吐息を漏らすと、今度は白のベビードールのセットを渡された。

「ああ、言っておくけどな、俺はすべての部屋のマスターキーを持ってるから、籠城しようと思っても無駄だぞ。モタモタしてると、乗り込んでまた裸に剝いてやる」

密かに考えていたことを言われ、八尋は顔をしかめる。寝室にこもって、帝人を締め出そうと思っていたのである。

「制限時間は十分…いや、十五分やろう。それを超えたら、引きずり出すからな。そうそう。ガーターベルトは下着の下に着けるんだぞ」

「……」

ものすごく不本意ながら、八尋はその布を手に寝室へと向かった。

「ガーターベルトは、下着の下……」

なぜだろうかと首を捻るが、少し考えればトイレのときのためだと気がつく。ガーターベルトを上につけると、下着が下ろせなくなるのだ。

「なるほど…納得。っていっても、本当ならボクには必要のない知識なんだけど……」

そんなこと、一生知らないでもよかった。知りたくなかった…と愚痴りながら、八尋は諦めてガーターベルトを腰に嵌める。それからストッキングを履いて留めるが、初めてのその感触に思わず顔をしかめた。

「なんか…鬱陶しい……」

ああ、嫌だと呟いて、今度は下着を手に思いきり溜め息をついた。

「なんで帝人ってああなのかなぁ」

今さらではあるが、帝人はコスプレ好きというか色物好きというか、八尋におかしなものを着せたがるのには困らせられる。

「この下着、最悪」

小さな三角形の下着は完璧に女性ものだから、いくら標準より少しばかり小ぶりな八尋のものでも、収めるのはなかなか大変だ。それに後ろはTバックなので、お尻が丸出しである。

「す…透けてる…下着まで透けてる……」

これならむしろ何も身に着けないほうがマシなんじゃないかと思うほど淫猥な感じになっている。

八尋は少しでも隠したいという気持ちでベビードールを掴み、急いで着込んだ。

「ううっ…やっぱりスケスケ……」

胸元をリボンで結ぶタイプのフリルたっぷりのデザインだが、体を隠すというより局部を強調している感じがする。

「ううっ…やだっ。ものすごーく嫌だ」

これでは、鏡を見て確認することもできない。もしそんなことをしたら、叫び声を上げる自信のある八尋だ。

頭を抱えて苦悩していると、扉の向こうから実に楽しそうな声が聞こえてくる。

「八尋～、十五分経ったぞ」

「……………」

「出てこーい。出てこないと、カギを使うぞ。いいのか？　あと、十、九、八、七、六、五、四、三、二、一……」

ゼロと言われる前に、八尋はガチャッと勢いよく扉を開けた。

「おおーっ。思ったとおり、恐ろしく似合うな！」

「嬉しくないっ!!」

「褒めてるんだから喜べよ」

「喜べるかっ!!」

八尋は憤るが、帝人は実に楽しそうだ。デジカメを手にバシバシと写真を撮り始め、八尋は思わず手を翳して目を吊り上げる。

「写真なんて撮るな！」

「せっかくの艶姿《あですがた》を残さないでどうする。ほら、ポーズ取れよ」

「嫌だっ！」

プイッと横を向き、なんとかレンズから外れようとするが、ベビードールなんてものを着ていたらどの角度から撮られてもいたたまれない姿になる。

なにしろスケスケで、ヒラヒラで、しかも超ミニ丈。揃いの下着だって透けているし、お尻は丸出しである。

「嫌だって言ってるだろ！」

そう怒鳴ってしゃがみ込めば、帝人は嬉々としてそれを写す。

「尻がプリッとしてて可愛いぞ。白だと、やっぱり清楚感が漂ってるな」

「どこが⁉」

「可愛いじゃないか。黒だともっと淫靡な感じになるはずだ。赤だと、セクシーか？　どっちも楽しみだ」

「………」

ニヤリと笑うその顔が実にいやらしい。

「変態！　変態‼　変態――っ‼」

八尋の絶叫はあたりはばからぬ大変なものだったが、幸いなことにここは超がつくほどの高級マンションである。防音は完璧で、隣近所の迷惑にはならないし、警察に通報されるようなこともない。

おかげで帝人は心置きなく撮影でき、楽しくいたずらもできるのだ。

せっかくのベビードール。八尋が嫌がる姿も色気があるし、隠そうとするのも初々しいので、脱がすのはもったいないと堪能する。

「明日も休みだからな……」

八尋にとっては不吉なその言葉は、この行為が簡単には終わらないことを意味している。

少し余裕ができた途端これかと、呆れるべきか怒るべきか微妙なところだ。

帝人が忙しかったときはあまり一緒にいられなくて寂しかったが、自分の平和のためには帝人にあまり余力がないほうがいいのではないかと思う。

「この趣味、なんとかしろ変態っ!!」

「俺のお楽しみに文句をつけるな。これが日々の活力になるんだぞ。週末にたっぷり楽しんで、また月曜からがんばろう…ってな。うーん、俺の息子にも活力が――」

そう笑いながら下半身に触れさせられると、帝人のそこはもうすっかり元気いっぱいに自己主張している。

八尋のベビードール姿に欲情しているのだ。

「変態――っっ!!」

八尋の絶叫は、虚しく防音壁に呑み込まれていった。

あとがき

こんにちは〜。このたびは、「婚約者は俺様御曹司!?」をお手に取ってくださいまして、どうもありがとうございます。

これは「婚約者は俺様生徒会長!?」の二人のそのあと…高校を卒業して、新たに大学生活に入る話になります。狭い場所を飛び出しての新生活。激しく環境が変わり、帝人も八尋も成長せざるをえません。帝人はもともとわが道を行く俺様性格なので迷いがありませんが、八尋はいろいろ大変そう。八尋なりにがんばってます。

明神さん、エロ可愛い八尋をありがとう！　少しおとなっぽくなって、色気が増したような？　表紙と口絵のカラーをもらいましたが、なんかちょっと身悶えしちゃいましたよ（笑）

思いっきりはだけたシャツと、重なった手のペアリングが嬉しいです。しっかりスーツを着込んだ帝人との対比が萌えだわ〜。さりげなくシャツが揃いっぽいのもまた…♪　本文のイラストを見るのが楽しみです。ううう、嬉しい♡

若月京子

こんにちは。　明神翼です☆
「婚約者は〜!?②」（勝手に②と言ってスミマセン😅）
今回もまた帝人や八尋が描けてとても嬉しかったです!!
少し成長した彼らはいかがでしたでしょうか…☆ 特に
色気（特に帝人。（笑））を増量してみた…つもりです一。
とても楽しんでイラスト描かせていただきました♥
若月先生、どうもありがとうございました一 御印
　先生の書かれるお食事描写シーンがいつもいつも
とてもおいしそうで、読んでて本当に食べたくなって
しまいます（笑）。
　前作でメイド服の八尋を描きましたが、今回はベビー
ドールだ一☆ と思ったのですが、描けなくてちょっと残念★
（あ、一番残念に思っているのは帝人？（笑））　ん一 いつか
リベンジしてみたいです!!

みょうじんつばさ☆ 御印

ダリア文庫をお買い上げいただきましてありがとうございます。
この本を読んでのご意見・ご感想・ファンレターをお待ちしております。
〈あて先〉
〒173-0021　東京都板橋区弥生町78-3
(株)フロンティアワークス　ダリア編集部
感想係、または「若月京子先生」「明神 翼先生」係

❋初出一覧❋

婚約者は俺様御曹司!?

2009年9月20日　第一刷発行

著者　若月京子

発行者　藤井春彦

発行所　株式会社フロンティアワークス
〒173-0021　東京都板橋区弥生町78-3
営業　TEL 03-3972-0346　FAX 03-3972-0344
編集　TEL 03-3972-1445

印刷所　図書印刷株式会社